Cécile Aubry

Poly au Québec

Illustrations d'Annie-Claude Martin

Hachette

Hachette, 79, boulevard Saint-Germain, Paris VIe

1

Thomas ne dormait pas vraiment, il sommeillait. Quelque chose dans l'atmosphère le gênait. Il crut rêver de bruits insolites. Etait-ce vraiment un rêve?

Bien éveillé maintenant, le jeune garçon sauta du lit, courut à la fenêtre qu'il avait laissée ouverte. Que signifiait tout ce bruit?

Des hennissements, une cavalcade dans le jardin ?

Il faisait une chaleur lourde, humide. La lune à son plein éclairait les deux pommiers, le cerisier, les massifs de fleurs et une partie du potager. On distinguait même la cabane construite pour Poly et que l'on appelait pompeusement « l'écurie ». Un cheval n'y serait pas entré, mais Poly n'était qu'un poney des Shetland, tout petit !

Poly se moquait bien de son écurie. Sa crinière et sa queue blondes comme un champ de blé au mois d'août faisaient une tache claire dans la nuit. Thomas le vit galoper vers le fond du jardin ; revenir à la même allure, foulant les fleurs que d'habitude il respectait. Quel massacre ! Que de dégâts !

Poly arrivait droit sur la maison. C'était à se demander si, emporté dans son élan, il n'allait pas se fracasser la tête contre le mur. Mais non ! Heureusement, freinant des quatre sabots, il s'arrêta net sous la fenêtre. Puis il se cabra, piaffa.

« Ça suffit, Poly, du calme ! » chuchota Thomas.

Thomas n'avait que onze ans et moins

d'autorité qu'il ne l'aurait souhaité. Il avait mis le plus de sévérité possible dans l'intonation, mais n'osait pas élever la voix, de peur de réveiller ceux qui dormaient sous le toit de cette maison. Le ton impératif ne fit aucun effet au poney qui repartit vers le portail, traversant en ligne droite le jardin. Un si beau jardin! Avec des sentiers sinueux tracés entre les massifs! Poly galopait en diagonale, oubliant ce que l'on s'était acharné à lui enseigner : il devait suivre les chemins, contourner les plates-bandes. Quel sauvage! Il galopait n'importe où!

Que se passait-il? Pourquoi cet énervement? Le poney allait-il continuer à détruire le jardin en pleine floraison? Jolie façon de remercier la famille Chantecœur pour son hospitalité! Car enfin, Poly et Thomas avaient été accueillis au Québec avec gentillesse; ils vivaient chez les Chantecœur sans jamais avoir l'impression d'être considérés comme des étrangers, ils étaient aimés, choyés, entourés d'affection. Devaient-ils profiter de cette chaleureuse amitié pour se conduire comme en pays conquis, sans discrétion ni vergogne? Non, bien sûr. Certainement pas.

Poly revenait au grand galop. Il sauta un massif de rosiers et s'arrêta. De nouveau, pile, sous la fenêtre.

« Tiens-toi tranquille, souffla Thomas, ou bien ça ira très mal entre nous. J'arrive. »

Poly ne se calmait pas. Il coucha ses oreilles en signe de colère. Thomas entendit un hennissement. Ah non ! Cela ne pouvait pas durer. Qu'allaient dire les voisins ? Ils se plaindraient, c'était inévitable. On aimait bien Poly dans le quartier, on s'était habitué à lui, on le connaissait depuis près d'un an, mais tout de même... quel tapage !

Thomas se dépêcha de mettre ses pantoufles. Il alluma sa lampe de chevet et jeta un coup d'œil à son réveil. Trois heures du matin ! Les chambres avaient toutes une fenêtre qui donnait sur le jardin. Il n'y avait plus qu'à espérer que le sommeil de Penny, de sa sœur aînée, Marie, et de leur mère, soit particulièrement profond cette nuit.

Thomas traversa sa chambre, il entrouvrit la porte, se glissa dans le couloir. Il marchait sur la pointe des pieds, dans l'obscurité presque totale, il n'avait allumé aucune lumière, s'essayant à être le plus discret possible.

Il allait atteindre l'escalier lorsqu'il faillit pousser un cri : sa main, qui cherchait la rampe, venait de toucher quelqu'un.

« C'est moi », chuchota Penny.

Elle, Pénélope Chantecœur que tout le monde appelait Penny. Thomas pensa à ses yeux d'un bleu si clair qu'ils paraissaient transparents. On imaginait, en les voyant, un étang ensoleillé ; ils étaient couleur d'eau. Mais dans l'obscurité, évidemment, on n'avait aucune chance de pouvoir admirer les yeux de Pénélope ! On ne voyait rien du tout. Ou à peu près.

Penny avait le même âge que Thomas.

« Qu'est-ce qui se passe ? demanda-t-elle.

— Je n'en sais rien, répliqua Thomas. Poly est énervé. Tu l'as entendu ?

— Oui, bien sûr. C'est pour ça que je descendais.

— C'est la chaleur qui l'énerve. A moins que ce ne soient un chat ou un chien qu'il ne connaît pas...

Peut-être quelqu'un qui rôde autour de la maison. Est-ce que ta mère et ta sœur sont réveillées ?

— Je ne crois pas, dit Penny. J'ai l'impression qu'elles n'ont rien entendu, elles ferment toujours leur fenêtre pour dormir. Marie a un sommeil de plomb et maman se met des boules dans les oreilles. Veux-tu que j'aille les secouer ?

— Non, non, surtout pas. Laisse-les dormir. Toi, Penny, attends-moi ici. Je vais voir ce qui se passe.

— Tout seul?

— Il n'y a aucun danger, murmura Thomas, moins rassuré qu'il ne voulait le laisser croire.

— Je t'accompagne», déclara Penny sur un ton sans réplique.

Inutile de discuter avec Penny, elle avait toujours le dernier mot. D'ailleurs il n'y avait sans doute aucune raison de s'inquiéter. Thomas essayait de s'en persuader. Il prit la main de Penny et tous deux descendirent l'escalier.

En bas, les volets étaient fermés, il faisait encore plus sombre qu'au premier. Penny alluma dans l'entrée, puis dans la salle à manger et enfin dans la cuisine, dont une porte ouvrait sur le jardin. On entendait Poly gratter du sabot, juste derrière. Il hennit. Ce n'était pas un appel aigu, strident, évoquant un trille de trompette comme tout à l'heure. Cela ressemblait plutôt à un grommellement. Le poney souffla très fort, une manière de manifester son impatience, mais aussi sa satisfaction. Il avait l'air de dire :

«Ah! vous voilà tout de même! Pas trop tôt! Dépêchez-vous d'ouvrir.»

Penny se hissa sur la pointe des pieds pour atteindre le verrou. Elle était mince et grande pour son âge ; la même taille que Thomas. Lui, il tournait la clef dans la serrure qui se trouvait au-dessous du verrou.

« Allez-vous en finir ? » signifiait le sabot de Poly grattant le sol.

Quelle impatience ! La porte entrebâillée, il la poussa du nez, l'ouvrant toute grande. Il ne laissa pas le temps à ses amis de le caresser, il s'échappa, ses oreilles mobiles pointant sous la crinière ébouriffée. Le panache de sa queue fouettait l'air, furieusement. Il n'alla pas loin. S'immobilisant entre une touffe de marguerites épanouies et un foisonnement de digitales, il se retourna.

Voilà qui semblait clair ! Il voulait entraîner ses amis derrière lui. Comme ni l'un ni l'autre ne bougeaient, il revint vers eux, mordilla le pyjama de Penny, poussa du nez Thomas. Cela ne donnant pas davantage le résultat qu'il souhaitait, il repartit.

S'arrêtant de nouveau, mais cette fois un peu au-delà des marguerites, il se mit à tourner sur lui-même, secouant la tête, sautillant sur place. Drôle de manège! On eût dit un cheval de cirque. En tout cas, il était bien joli à voir, dans le clair de lune, exécutant cette danse extravagante parmi les fleurs! «Oh! là! là! murmura Penny. Les pois de senteur! Il en fait de la bouillie. Tu imagines la tête de maman quand elle verra ça?

— Attends un peu, s'écria Thomas, furieux. Je vais le calmer, moi. Il va aller passer ses nerfs dans son écurie, c'est moi qui te le dis. Et je fermerai la porte à clef, ça lui apprendra.»

Thomas avait un caractère impétueux. Beaucoup de qualités de cœur, mais peu de patience : il ne fallait pas l'agacer. Il bondit vers son poney, lui empoigna la crinière. D'un coup de tête, Poly se libéra. Il s'en alla plus loin et recommença à danser sur place, narguant le pauvre Thomas qui s'était effondré au milieu des rosiers. Le garçon se releva, les mains pleines d'épines.

«Tu t'es fait mal? s'écria Penny, se précipitant, le rejoignant.

— Plutôt! grommela Thomas qui se mordait le pouce, là où une grosse épine s'était plantée. Je ne sais pas ce qu'il a, ce fou furieux, il est complètement toqué! Regarde-le!»

Poly se cabrait, presque debout sur ses jambes postérieures, les yeux exorbités et les naseaux frémissants, sa crinière et sa queue lui faisant une auréole d'or dans la lumière blanchâtre de la lune.

C'était un spectacle magnifique, certes, mais vraiment ahurissant.

«Il est toqué, répéta Thomas, l'air désemparé. Vraiment fou! Je ne l'ai jamais vu comme ça. Ce n'est pas normal, il est peut-être malade!

— En colère, plutôt», dit Penny.

Poly retomba lourdement sur ses jambes de devant, il recommença à piétiner le sol. Thomas tenta de nouveau de l'approcher, prudemment, cette fois. Il lui parlait, tendait la main :

«Du calme, mon Poly, sois sage. Tiens-toi tranquille. Tu vas aller tout seul dans ton écurie. Allez, mon bonhomme, laisse-toi faire, laisse-moi te caresser.»

Mais Poly ne voulait rien entendre. Quand la main de Thomas approcha de son épaule, il recula. Il se méfiait.

Penny essaya à son tour. Elle chuchotait,

la voix douce, approchant lentement : «De quoi as-tu peur? Qu'est-ce qui t'arrive, mon Poly? Tu es malade? Tu souffres, tu as mal quelque part? Laisse-nous te soigner. Tu n'as plus confiance?»

Poly lui permit d'effleurer de la main son nez. C'était doux comme du velours, un peu humide.

«Il a chaud, murmura Penny. Très chaud.» Elle glissa la main sous la crinière, flatta l'encolure.

«Il est trempé, couvert d'écume. On dirait qu'il a galopé des heures.

— C'est sans doute ce qu'il a fait, grommela Thomas. Je me demande ce qui a pu le mettre dans un état pareil. Je veux dire : pour quelle raison aurait-il galopé au point d'être couvert d'écume?

— Ça... murmura Penny, c'est son problème. Il y a des moments où il est éloquent, il sait se faire comprendre à sa façon, mais on ne peut pas lui demander de se mettre à parler pour nous raconter ce qu'il éprouve! Je ne crois pas qu'il soit malade. Il me paraît fatigué et exaspéré. Je le sens trembler. Il ne veut pas que tu le touches parce que tu es plus fort que moi et il a peur : tu pourrais réussir à l'enfermer dans son écurie.

— Et, à ton avis, pourquoi ne veut-il pas se reposer dans son écurie?

— Parce que nous devons le suivre, c'est ça qu'il essaie de nous expliquer.

— Courir derrière lui au milieu de la nuit? En pyjama et avec des pantoufles aux pieds? Pas question. Allez, ça suffit. J'ai sommeil, moi! Continue à le caresser, Penny, on dirait que tu parviens à le calmer. Je vais chercher son licol.»

A ce mot, que Poly connaissait bien et qui signifiait pour lui une brimade, ce fut le désastre! Le poney lança une ruade formidable — personne, heureusement, ne se trouvait derrière lui! puis il fila, au grand galop, vers le portail du jardin qui était ouvert.

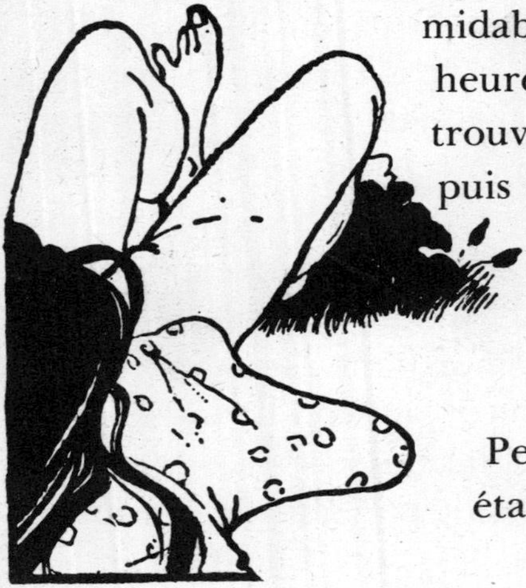

Penny, bousculée, était tombée assise dans les fleurs.

Thomas lui tendit la main pour l'aider à se relever :

« Ça va ?

— Oui, oui. Rien de cassé. »

Cette brutalité subite de Poly les laissait ahuris.

Le jardin donnait sur une ruelle. Thomas et Penny entendirent le galop du poney sur l'asphalte. Le bruit s'éloignait...

« C'est gai pour les voisins, grogna Thomas. Dès qu'il fera jour, je suis sûr qu'ils vont se ruer sur leurs téléphones pour déposer une plainte.

— Mais non ! Nos voisins adorent Poly.

— Ils le trouvent gentil et plutôt rigolo, mais pas au point de supporter qu'il fasse du vacarme toute la nuit !

— Du vacarme ? Maman et Marie ne se sont même pas réveillées.

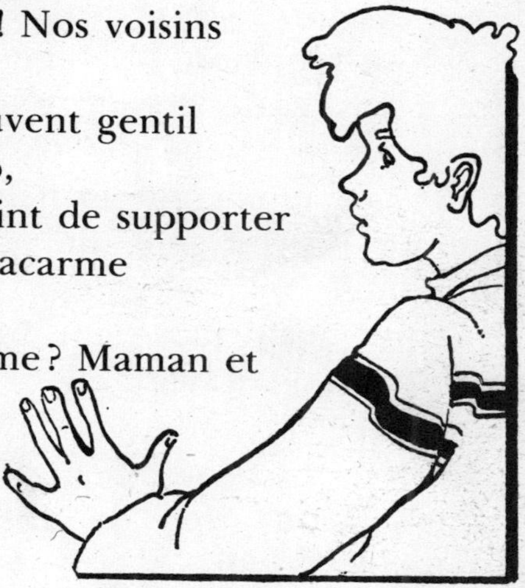

— Parce que ici, dans le jardin, la terre atténue le bruit des sabots, mais dans la rue... Pauvre Poly! Il va se faire embarquer par la police, on l'enfermera dans une fourrière, adieu la liberté!

— Et puis quoi encore! s'écria Penny. Tu nous prends pour des sauvages, ici, au Québec? Poly se tient tranquille depuis presque un an que vous habitez chez nous, lui et toi. Les gens ne vont pas lui en vouloir pour une seule nuit un peu agitée.

— *Un peu* agitée? Tu parles! On dirait qu'il est parti pour galoper à travers toute la ville comme s'il avait le diable à ses trousses, gémit Thomas.

— Et alors! Un cheval dans la rue c'est plutôt drôle, non? Les gens ne se plaindront pas, ça les fera rire. Joliette est une bonne ville. Tu ne t'es pas encore aperçu qu'il y a moins de grincheux à Joliette que de braves gens qui ont le sens de l'humour?»

Penny avait passé un bras autour des épaules de Thomas, elle l'entraînait vers la cuisine.

«Allons nous recoucher, conseilla-t-elle. Nous n'avons rien de mieux à faire en attendant le jour.»

Thomas était persuadé qu'il ne parviendrait pas à dormir. Pourtant, il hocha la tête. Aussitôt après, il la secoua.

« Tout de même, murmura-t-il, il s'est passé quelque chose de bizarre, cette nuit. Poly ne se serait pas mis dans un état pareil pour rien. Je me demande ce qu'il a vu ou entendu, ce qu'il cherche, ce qu'il voulait nous montrer. »

Immobilisé sur le seuil de la cuisine, il regardait la nuit, cherchant à en percer le mystère. Tout paraissait calme maintenant que Poly avait disparu et que le bruit de son galop ne troublait plus le silence. Pas un souffle, pas la moindre présence. Apparemment, du moins. Une nuit tranquille et claire.

Penny se taisait. Elle prit la main de Thomas, la serra un peu. Une inquiétude les étreignait. Une sensation difficile à décrire, quelque chose d'informulé. Ils auraient été incapables d'exprimer ce qu'ils ressentaient. Mais ils avaient la certitude qu'un danger flottait dans l'air. Une menace pesait. Sur eux ? Sur quelqu'un d'autre ? Sur Poly, peut-être ? Ils l'ignoraient, bien sûr ; ils n'auraient pu répondre à aucune de ces trois questions. La peur s'insinuait, cependant. Etait-ce l'intuition ? Il semblait à Thomas que quelqu'un, cette nuit, avait besoin d'aide. Ce n'était pas aussi précis. C'était... bizarre.

Il jeta un coup d'œil à Penny. Elle était grave, ses yeux couleur d'eau paraissaient inquiets. Pourtant, elle se força à sourire :

« C'est idiot, murmura-t-elle. La nuit, tout prend de l'importance. On s'affole pour un rien. A quoi sert de rester toute la nuit devant cette porte ? Poly a l'habitude de trotter librement, il reviendra quand il en aura envie. Remontons nous coucher, Thomas. Nous aurons l'esprit beaucoup plus clair après quelques heures de sommeil. »

Elle ne perdait jamais le sens positif des choses. Elle referma la porte, tira le verrou, donna un tour de clef. Thomas éteignit la lumière dans la cuisine. Puis dans la salle à manger et dans l'entrée.

Ils remontèrent l'escalier et cherchèrent à tâtons les portes de leurs chambres.

« Bonne nuit ! souffla Penny.

— Dors bien », répondit Thomas.

La première chose que fit Penny en

entrant dans sa chambre, ce fut de se diriger vers la fenêtre. Au fond, elle n'était pas rassurée du tout. Le rictus de la lune, les ombres dans le jardin lui parurent hideux : elle ferma sa fenêtre, tira les rideaux.

Ensuite, elle se jeta sur son lit, ramena le drap sur son visage, comme pour se protéger. Elle se tournait et se retournait, cherchant le sommeil et ne parvenant pas à le trouver.

Enfin, elle s'endormit.

Pour Thomas, ce fut à peu près la même chose. Fenêtre fermée, rideaux tirés, le drap sur le visage, comme un symbole de protection. Il réfléchissait. Pourquoi ce comportement inhabituel de Poly ?

Thomas ne parvenait pas à chasser l'angoisse que provoquait cette nuit étrange, presque trop calme, pleine de menaces peut-être imaginaires. Il lui semblait que seul dans la ville endormie, Poly vivait. Mais lui, avec frénésie.

Lorsque le sommeil le prit, ce fut pour

lui apporter une suite de cauchemars. Il s'éveilla, essaya de penser à des choses heureuses... Il pensa à ce joyeux mois de juillet de l'année dernière, quand il avait fait la connaissance de Penny. Quand une équipe de cinéastes était venue s'installer à Anglars, ce petit village du Cantal où Thomas vivait avec ses parents et son inséparable compagnon, Poly. Quel événement lorsque le metteur en scène, Walter Griffin, avait engagé Poly![1] Une aventure cinématographique plutôt mouvementée, mais passionnante!

Thomas faillit éclater de rire dans l'obscurité en se rappelant la façon dont Penny disait :

« Je ne sers à rien du tout sauf à être dans les jambes de tout le monde, c'est ce que dit papa. »

Elle avait ajouté, Thomas ne se souvenait plus quand :

« Mon père s'appelle Louis Chantecœur, il est chef machiniste. Nous sommes Canadiens. Du Québec. »

---

1. Voir *Poly Superstar*, dans la même collection.

A la fin du tournage, elle avait dit tristement :

« Moi au Québec, vous deux dans le Cantal... »

Poly, Thomas et elle étaient devenus de si grands amis ! Thomas ne parvenait pas à admettre qu'il ne reverrait plus Penny. C'est elle qui lui avait écrit la première. Il se souvenait mot pour mot de sa lettre :

Cher Thomas,

Comme je te l'ai raconté pendant le tournage du film, la maison que mes parents, ma sœur et moi habitons à Joliette n'est pas immense, mais elle possède un grand jardin. Je crois que Poly y serait heureux. Pour l'école, ne t'inquiète pas, il ne serait pas difficile de t'y inscrire. Que dirais-tu de passer un an chez moi, au Québec ? Mes parents vous invitent, toi et Poly. Les tiens seraient-ils d'accord ? Dis-leur que Joliette se trouve dans ce que nous appelons le Nord moyen. Comment te décrire mon pays ? Chez nous, tout est grand. En été c'est vert, en hiver c'est blanc et en automne c'est rouge. Motoneige dans le blanc, baignade dans les lacs en été, promenades et visites de toutes sortes en automne. Ça te convient ?

Un seul problème : chez nous, les animaux étrangers ne sont admis qu'après avoir subi une série de vaccinations et un séjour forcé d'un mois dans une fourrière. Dure épreuve pour Poly! Mais s'il l'accepte, je te jure qu'ensuite il sera le plus heureux des poneys : liberté complète.

Papa peut s'arranger pour vous faire voyager à bord du bateau qui rapatrie l'équipe et le matériel du dernier film de Walter Griffin. Le voyage serait gratuit pour vous deux, Poly et toi.

Réponds-moi vite!

Je t'embrasse, ainsi que tes parents. Une foule de caresses à Poly.

Ton amie,

Penny

A peine deux mois plus tard, Penny, Thomas et Poly étaient réunis, à Joliette, dans la jolie maison au grand jardin fleuri. Et, depuis, ce n'avait été que plaisir et joie.

Il fallait espérer que cette nuit étrange, inquiétante, n'était pas un mauvais présage, mais tout simplement une angoisse passagère qui s'effacerait au matin.

Thomas soupira, songeant au galop de Poly...

Et puis il s'endormit, profondément.

2

« Debout, paresseux ! » cria Penny en frappant la porte du plat de la main.

Réveillé en sursaut, Thomas se redressa dans son lit, clignant les yeux. Penny ouvrait la porte. Elle apparut, habillée de jeans et d'un polo jaune, ses cheveux châtains, bien brossés, lui balayant les épaules. Elle était toute fraîche, souriante.

« Il est revenu, lança-t-elle.

— Poly ?

— Oui ! Il est dans son écurie et il dévore son avoine.

— Tu es allée le voir ? »

Penny eut un rire :

« Bien sûr, Thomas ! Essaie de te réveiller un peu mieux, on dirait que tu ne comprends rien à ce que je te dis. Il ne doit pas être rentré depuis longtemps parce qu'il est encore trempé de sueur.

— Qui ça ? Poly ? »

Penny se tordait de rire :

« Ecoute, Thomas, fais un peu marcher ta cervelle ! Si tu voyais ton air abruti ! Je te parle de Poly, oui. Je l'ai bouchonné, j'ai rempli sa mangeoire et son abreuvoir. Il a commencé par boire des litres d'eau et maintenant il mange. Il paraît tout à fait normal. Peut-être encore un peu nerveux, mais surtout fatigué, assoiffé et affamé. Bref, tout va bien. Tu viens déjeuner ? Ça sent la crêpe au sirop d'érable. A tout de suite ! »

Penny ne prit même pas la peine de refermer la porte. Thomas entendit sa course dans le couloir et l'escalier, puis sa voix quand elle arriva en bas :

«Jour, m'man! Salut, Marie!»

Quelle heure était-il? A peine huit heures. Quel jour? Ah oui, dimanche. On finit par ne plus faire attention aux jours de la semaine quand on est en vacances. Dimanche! Et Penny débordait d'activité dès le matin, comme si elle avait dormi toute la nuit, tranquillement. Solide nature!

Thomas bâilla, il s'étira dans son lit. Une heure de sommeil en plus ne lui aurait pas fait de mal, mais puisque Penny, en pleine forme, semblait négliger leur éveil nocturne et leurs inquiétudes... il fallait se lever.

Bâillant toujours et s'étirant, Thomas sortit de son lit, alla en traînant les pieds jusqu'à la fenêtre. Il tira les rideaux. Il faisait un temps superbe, le soleil illuminait le jardin et... les dégâts : pois de senteur écrasés, marguerites couchées, pétales de roses éparpillés. Mais enfin, cela paraissait moins catastrophique que Thomas ne l'aurait pensé.

Pas de Poly. Evidemment, puisqu'il était dans son écurie! Thomas ouvrit la fenêtre.

« Poly ! » appela-t-il.

Le poney apparut à la porte de la cabane, mâchant encore ce qu'il avait d'avoine dans la bouche. Il vint au trot vers la fenêtre, respectant cette fois les chemins sinueux, prenant garde de ne marcher sur aucune fleur. Sa crinière et sa queue paraissaient plus dorées que jamais sous le ciel bleu ; comme les cheveux de Thomas, blonds eux aussi. Les crins de Poly et les cheveux de Thomas étaient de la même couleur. Mme Chantecœur disait en souriant qu'ils semblaient porter en eux le soleil.

Thomas se penchait à la fenêtre :

« Ça va ? »

Poly répondit par un hennissement. Du bout de son sabot, il gratta la terre ; l'impatience et la nervosité de la nuit n'étaient pas passées. Atténuées, seulement. Le poney cherchait encore à faire comprendre quelque chose. Mais quoi ? Qu'il fallait le suivre ?

La voix de Penny monta d'en bas :

« Tu viens ? Dépêche-toi ! Les crêpes refroidissent. »

Elle venait d'apparaître à la porte de la cuisine. Elle fit signe à Thomas de descendre et rentra aussitôt. Thomas entendit l'éclat de rire de Marie et l'exclamation de Mme Chantecœur :

« Assez, Penny ! Laisse quelques crêpes pour Thomas ! »

Thomas les imaginait : Mme Chantecœur, souriante comme d'habitude, un peu grassouillette, avec des yeux d'un bleu très pâle comme ceux de Penny. Marie, dix-neuf ans, des yeux couleur de noisette qui riaient tout le temps. Et Penny entre elles deux, vive comme un écureuil, joyeuse, franche, espiègle... occupée à se gaver de crêpes.

L'agréable odeur du sirop d'érable flottait dans l'air. Thomas se dépêcha de faire sa toilette et de s'habiller ; il raffolait du sirop d'érable, c'était une de ses découvertes au Québec et non des moindres ! Penny lui avait fait une promesse :

« Je te montrerai comment on récolte le sucre d'érable, nous irons voir ça sur place. »

A quand l'expédition vers une forêt lointaine? Thomas en rêvait.

Enfin prêt et bien réveillé, il se précipita dans le couloir, dégringola l'escalier. Des parfums mêlés annonçaient un succulent petit déjeuner : tartines de pain grillé qu'ici, au Québec, on appelait des rôties; des œufs cuits sur le plat — «au miroir», comme disait Mme Chantecœur —, accompagnés de bacon croustillant et de petites saucisses (les œufs pouvaient aussi être brouillés ou à la coque); du café léger adouci de crème; quant aux crêpes au sirop d'érable... délicieux!

Thomas traversait le hall en courant lorsqu'un coup de sonnette retentit à la porte d'entrée. Il s'arrêta net.

«Qu'est-ce que je fais? cria-t-il. J'ouvre?»

La silhouette rebondie de Mme Chantecœur apparut à la porte de la salle à manger :

«Bien sûr, Thomas, va vite ouvrir. Ce doit être notre amie Louise Bergeron qui vient chercher le pot de confitures que je lui avais promis. Je devais le lui porter hier soir, j'ai oublié.»

Elle s'essuyait les mains à son tablier, souriant déjà à l'idée de voir apparaître son amie Louise. Les Bergeron étaient de proches voisins. Mais, lorsque Thomas eut ouvert la porte, elle resta stupéfaite devant les deux hommes en uniforme qui se présentaient. Le cœur de Thomas battait très fort : des policiers! Bien sûr, ils venaient à cause du bruit que Poly avait fait cette nuit, quelqu'un avait porté plainte, il fallait s'y attendre. Penny et son optimisme! Elle s'était trompée, les voisins n'avaient pas trouvé drôle d'être réveillés au milieu de la nuit par un galop sonore. Et justement, Penny arrivait avec le pot de confitures pour Louise Bergeron. Thomas lui jeta un coup d'œil sinistre. Il avait rougi en ouvrant la porte et maintenant, il devenait très pâle : allait-on emmener Poly pour le punir? Serait-il accusé de tapage nocturne? Infligerait-on une amende à Mme Chantecœur?

L'un des hommes touchait sa casquette.

« Monsieur Louis Chantecœur, s'il vous plaît... dit-il.

— Mon mari n'est pas là, répondit Mme Chantecœur déjà un peu inquiète. Il est à Montréal pour le tournage d'un film. Est-ce que je peux le remplacer ? Je suis sa femme.

— Il s'agit d'une enquête, dit le policier. Nous voulions interroger M. Chantecœur au sujet d'un certain... Joseph Tremblay.

— Le grand Jo ? s'écria Marie qui venait d'apparaître et s'approchait de sa mère, comme pour la défendre. Nous le connaissons tous. Que lui veut-on ? »

Le policier avait un visage sévère, son collègue n'était guère plus souriant.

« L'une de vos voisines, Mme Jeanne Lapointe, dit le premier, a été molestée et cambriolée cette nuit. Elle a cru reconnaître l'un de ses assaillants. Elle pense que ce pouvait être Joseph Tremblay.

— Mon Dieu ! murmura

Mme Chantecœur portant la main à sa poitrine.

Jeanne Lapointe! Comment peut-on s'attaquer à une vieille femme, c'est affreux. Lui a-t-on fait du mal? Vous dites qu'elle a été molestée?

— Assez sérieusement, oui, dit le policier. Elle a surtout été très effrayée. Elle est à l'hôpital, elle souffre d'un choc nerveux.»

Penny ouvrait des yeux affolés, sa sœur aînée avait les larmes aux yeux.

«Entrez, messieurs», dit Mme Chantecœur.

Thomas referma la porte derrière les policiers, ses mains tremblaient un peu. Poly n'était pas en cause, mais la pauvre Jeanne Lapointe, si âgée... Quelle horreur! Et le grand Jo, brutal, cambrioleur? Ce n'était pas imaginable.

Mme Chantecœur conduisait les policiers vers la cuisine, en s'excusant :

« Ça ne vous fait rien ? Nous prenions notre petit déjeuner... j'ai des œufs sur le feu... Marie ! occupe-toi des œufs. Penny ! apporte des bols pour ces messieurs. Vous prendrez bien un peu de café ?

— Rien pendant le service, madame.

— Bien sûr. Où ai-je la tête ? Asseyez-vous, messieurs. »

Elle ne savait plus très bien ce qu'elle faisait, Mme Chantecœur. Ce fut Marie qui présenta des chaises aux policiers. Après cette bouffée d'émotion qui lui avait embué les yeux, elle reprenait son aplomb, son regard ardent se posa sur un joli pichet de faïence placé sur le buffet. C'était un cadeau de Joseph Tremblay — le grand Jo —, Penny l'avait dit à Thomas. Le regard de Marie revint aux policiers.

« Mme Jeanne Lapointe s'est trompée, dit-elle. Elle ne peut pas avoir reconnu Joseph Tremblay. Il paraît peut-être un peu bizarre quand on ne le connaît pas, mais il est incapable de brutaliser et de voler une vieille femme.

— Sait-on jamais, mademoiselle ! » articula tranquillement le policier et il ajouta : « Pour le moment, nous faisons une enquête, nous n'accusons personne. »

Il commença son interrogatoire. Son collègue avait sorti un carnet et prenait des notes.

Mme Chantecœur retrouvait son calme. Elle s'empressa de dire qu'elle connaissait Joseph Tremblay depuis plus de vingt ans.

« Il avait huit ans, raconta-t-elle, quand je l'ai vu pour la première fois. Mon mari et moi étions mariés depuis peu, nous venions de nous installer dans cette maison. Celle-ci, où nous sommes encore. Joseph et ses parents habitaient la maison à côté. Nous sommes devenus très amis. Un an après notre emménagement, les parents de Joseph se sont tués en voiture. Un accident épouvantable. Joseph était dans la voiture. Il a été blessé à la tête. Quelques mois plus tard, alors qu'on le croyait rétabli, il a eu sa première crise d'épilepsie. Comme vous le savez, messieurs, c'est une maladie effrayante. Jadis, on l'appelait *le haut mal*, sans doute parce que, durant les crises, le malade semble habité par le démon. Ensuite, il ne se souvient pas de l'état dans lequel il était. Il redevient normal. »

Mme Chantecœur ferma les yeux un instant, puis elle reprit :

« Joseph a été bien soigné, les crises se sont espacées. Sa grand-mère l'élevait. Elle l'adorait. Quand elle est morte, il est resté seul dans le petit logement qu'elle possédait, il ne s'est pas marié. Pauvre garçon ! Il est pourtant courageux, il a beaucoup travaillé. Mais chaque fois que les gens découvrent qu'il est épileptique, il perd son travail. Ses crises sont devenues rares, heureusement, mais quand elles arrivent elles effraient tout le monde. Alors il s'isole. Mal adapté à la société, il ne s'attache qu'à quelques personnes, celles qui ne se méfient pas de lui. Il aime surtout les enfants, les animaux. Il ne leur fait jamais aucun mal. Les enfants l'adorent et les animaux ne le craignent pas. Il se sent proche d'eux. »

Mme Chantecœur eut un soupir. Elle continua :

« Récemment, mon mari l'a aidé à trouver un emploi dans une papeterie. Jo est manutentionnaire. Il est si grand et si fort qu'il peut porter sans fatigue des poids énormes. Son employeur semble très satisfait de son travail. Voilà tout ce que je sais de Joseph Tremblay, messieurs. On le dit un peu innocent, il est handicapé d'une certaine façon, mais c'est un brave garçon. Je suis de l'avis de ma fille : il est incapable de faire le mal. Il ne peut pas avoir commis une action aussi atroce, répugnante, que d'attaquer et voler une personne âgée. Vous le verriez, vous en seriez convaincus. Pourquoi ne l'interrogez-vous pas ?

— Nous ne l'avons pas trouvé chez lui, dit gravement celui des policiers qui parlait le plus et ne prenait pas de notes. On le recherche. »

Il y eut un silence.

« Il n'est pas chez lui ? murmura enfin Marie. Qu'est-ce que ça prouve ?

— Pas grand-chose, mademoiselle, répliqua le policier. Et pourtant... il semble qu'il n'ait pas passé la nuit à son domicile. Cela le rend très suspect. »

Thomas rencontra le regard de Penny, elle lui fit un signe. Personne ne le remarqua : Penny et Thomas étaient trop jeunes pour que leur témoignage ait la moindre importance. Les policiers ne s'intéressaient pas à eux.

Penny entraînait Thomas vers la porte de la cuisine, celle qui donnait sur le jardin. Quand ils furent dehors, à l'abri des regards indiscrets, ne pouvant être entendus de personne, Penny, se penchant vers Thomas, lui chuchota à l'oreille :

« Poly. Poly sait la vérité. Je suis sûre qu'il a vu des tas de choses cette nuit. A nous de comprendre ! »

Thomas chercha des yeux son poney. Poly était tout au fond du jardin, près du portail. Paisible, il semblait guetter les rares voitures qui passaient.

« Il a peut-être vu, murmura Thomas, mais ça nous avance à quoi ? Il ne sait que hennir. Ce n'est pas la meilleure façon de témoigner ! »

Penny haussa les épaules.

« Il sait, affirma-t-elle. Je te le répète : à nous de comprendre !

— Comprendre quoi ?

— Je ne sais pas ! C'est justement le problème à résoudre.

— Tu t'imagines que Poly est plus fort que la police ?

— Oui, Thomas. D'une certaine manière il est plus fort... s'il a été témoin de ce qui s'est passé cette nuit. Tu sais bien que le grand Jo avait une sorte d'adoration pour lui. Ils étaient très souvent ensemble. Combien de fois est-il arrivé à Poly d'aller chercher le grand Jo à la sortie de l'usine ? Jo qui avait toujours des friandises pour lui ?

— Tu crois que Poly saurait où trouver Jo ?

— Oui. »

Penny resta silencieuse un instant avant d'ajouter :

« Tu comprends, il ne suffit pas d'être persuadés que le grand Jo n'est pas coupable. Il faut le prouver. Et pour le prouver, il faut d'abord le retrouver. C'est lui-même qui peut se justifier. Il a sûrement... comment appelle-t-on ça ?

— Un alibi ?

— C'est ça. Il dira à la police où il était cette nuit, des gens pourront témoigner qu'il était auprès d'eux, et voilà, ce sera fini, il sera hors de cause. Tu es d'accord pour aider le grand Jo ?

— Bien sûr ! dit Thomas.

— Alors, murmura Penny en regardant Poly, c'est ton poney qui va nous guider. C'est lui qui tient la clef de l'énigme.

— Très possible, murmura Thomas. Mais pas évident. »

Penny tourna vers lui un visage souriant :

« Je me demande si, au Québec, malgré nos gratte-ciel et nos grosses voitures, nous ne sommes pas plus rêveurs que vous autres en France. Vos vieilles cathédrales devraient vous pousser à vous envoler vers le ciel et vous êtes parfois affreusement terre à terre. »

Thomas riait :

« Ne fais pas de généralités, c'est toujours idiot.

— Est-ce que tu admets qu'un poney puisse rendre évidente l'innocence d'un suspect ?

— Pourquoi pas ?

— Alors ça va, tu commences à devenir poète », dit Penny.

Ils étaient complices et heureux en ce dimanche ensoleillé. Ils savaient bien, pourtant, qu'un drame avait eu lieu cette nuit. Une innocente vieille femme avait souffert. L'épreuve serait difficile à supporter à l'âge de Jeanne Lapointe. Peut-être mourrait-elle de l'odieuse aventure. Le ou les coupables restaient libres. Celui que l'on soupçonnait n'était sans doute pas le vrai responsable.

Que d'injustice de tout côté !

Penny et Thomas se regardèrent, ils n'avaient plus envie de rire.

« Viens », dit brusquement Thomas.

Et tous deux coururent vers le poney.

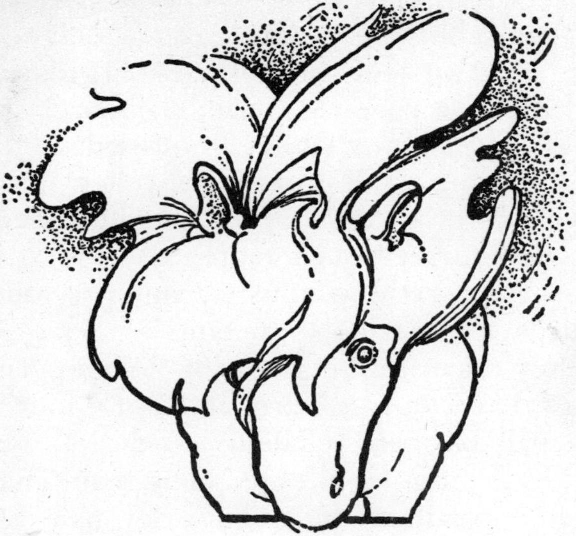

3

Lorsque Thomas et Penny voulurent le caresser, Poly piaffa d'impatience.

« D'accord, dit Thomas, on a compris et cette fois, on est prêts. Vas-y, mon bonhomme, on te suit. »

Poly se secoua ; un long frémissement le parcourut, de la tête à la queue. Il hennit, se redressa sur ses jambes arrière, retomba sur les sabots de devant, secoua encore la tête et, d'un seul coup, il partit. Il filait au trot dans la rue ; clac, clac, clac, clac, clac, faisaient les petits sabots. Repu et désaltéré, Poly retrouvait des forces nouvelles.

« Hélà ! cria Penny après quelques secondes de course. Doucement !

— A ce rythme nous n'irons pas loin », souffla Thomas déjà haletant.

Poly ralentit un peu le trot, ce qui permit à ses deux amis de le rejoindre. Le jour ne dissipait pas cette chaleur lourde qui avait rendu la nuit étouffante. Mais maintenant que le soleil montait, l'air devenait plus sec. Malgré cela on transpirait au moindre effort. Poly était déjà mouillé sous sa crinière, au creux de son poitrail. Penny et Thomas sentaient couler la sueur dans leur dos, sur leur poitrine.

« C'est gai ! soupira Thomas. Si ça continue comme ça... »

Il empoigna la crinière de Poly.

« Fais comme moi, Penny, conseilla-t-il. Il va nous servir de locomotive, nous serons moins fatigués.

— Mais lui le sera beaucoup plus ! » objecta Penny.

Elle courut cependant de l'autre côté du poney et saisit une poignée de crins. La crinière ébouriffée était si touffue que les mains de Thomas et de Penny se perdaient dans cette masse blonde.

« Si on me tirait les cheveux d'une façon pareille !... s'écria Penny.

— Ne t'inquiète pas, répliqua Thomas. Poly est moins douillet que toi. D'ailleurs, nous ne lui faisons aucun mal. »

Le poney, en effet, ne semblait pas souffrir d'être tiraillé, il ne refusa pas son aide. Flanqué de ses deux amis accrochés à lui, il poussa l'allure. Il commença même à galoper et il était presque facile de courir à la même vitesse, du moment qu'on ne lâchait pas la crinière. Penny et Thomas avaient l'impression de voler !

Poly les entraîna jusqu'au bout de la rue. Il tourna à gauche, longea la maison de la famille Bergeron, puis celle des Gauthier qui se trouvait en face de celle des Charbonneau. Tous des amis ! Mais Poly ne s'arrêtait pas.

Il tourna à droite, encore à gauche, atteignit enfin cette petite maison qui comprenait, comme celle des Chantecœur, un jardin. Devant la grille, il y avait un attroupement. Les gens discutaient. Poly s'arrêta.

« Pensez, disait une dame, il suffisait de casser un carreau à une fenêtre pour entrer chez elle.

— C'est bien vrai, répondit un vieil homme. Pauvre Jeanne ! Elle avait confiance, elle ne voyait le mal nulle part, jamais je ne l'ai vue se barricader, elle ne fermait même pas ses volets.

— Pauvre Jeanne ! entendit encore Thomas.

— Pauvre Mme Lapointe !

— Une si gentille gemme !

— Une si bonne voisine !

— La voilà à l'hôpital, maintenant. Un choc pareil ! C'est à se demander si elle s'en remettra. Qui a pu faire ça ? Qui a pu oser malmener et voler une pauvre vieille ?

— Moi, dit une voix de crécelle, je n'ai jamais aimé Joseph Tremblay. C'est un homme qui me fait peur. Quand je le voyais tourner autour de mes enfants...

— Vous accusez un innocent, madame Gagnon, cria Penny. Vous devriez avoir honte. »

Il y eut un silence. Les badauds se retournaient vers les deux enfants et le poney.

« Ah ! s'exclama enfin Mme Gagnon. J'en ai le souffle coupé. La petite effrontée ! C'est toi qui devrais avoir honte, Penny Chantecœur, de te mêler de ce qui ne te regarde pas. Je n'accuse personne ! Je soupçonne. Voilà tout. Le grand Jo est assez spécial, tout le monde me l'accordera. Il a l'esprit dérangé, une force peu commune, et c'est un malade. Qui peut dire le contraire ?

— Tout le monde ! répliqua sans se laisser désarçonner cette « effrontée » de Penny. Jo a été malade, il ne l'est plus. Il n'a pas l'esprit dérangé et sa force n'a rien qui puisse provoquer autre chose que l'admiration.

— Ecoutez-la ! glapit Mme Gagnon. Son père n'est jamais là, sa mère lui passe tout et voilà le résultat : une méchante gosse, mal élevée. »

Les larmes venaient aux yeux de Penny,

la colère lui nouait la gorge. Thomas lui prit la main :

« N'insiste pas, viens », dit-il.

Mais Penny n'entendait pas se laisser faire. Sa main s'échappa de celle de Thomas. Fendant la petite foule, elle vint se placer devant Mme Gagnon ; elle levait le nez et aussi son regard ardent vers la femme maigre qui la regardait :

« Personne n'a le droit de suspecter Joseph, dit-elle, et sa voix, bien qu'assurée, tremblait un peu tant son émotion était grande. Personne n'a le droit de dire du mal de lui simplement parce qu'il est plus grand, plus fort que les autres et simple d'esprit au bon sens du terme. Je suis peut-être mal élevée, madame Gagnon, et j'ai tort de vous parler sur ce ton, ça c'est vrai. Mais je me mets en rage quand j'entends dire que le grand Jo peut ou pourrait être responsable de ce qui s'est passé cette nuit. Voilà.

— Voilà ! singea Julie Gagnon. Ecoutez-la ! Elle se croit tout permis. »

Penny allait hurler on ne sait quelle imprécation lorsqu'une main ferme lui saisit le bras, ce qui lui cloua le bec. La main solide la tirait, la renvoyait vers Thomas en même temps qu'une voix sévère lui chuchotait à l'oreille :

« Tais-toi, Penny. Tu n'obtiendras rien de cette vilaine chipie, elle a le cœur dur et la voix aigrelette. Mais dans un sens, elle a raison : mêle-toi de ce qui te regarde. »

C'était Roméo, Roméo Langlois que Poly, Thomas et Penny connaissaient bien puisque, dès qu'il avait un dimanche ou une soirée libres, il les passait à la maison. Roméo Langlois était employé dans une entreprise de transports, il conduisait des poids lourds énormes et il était amoureux de Marie Chantecœur. Sentiment tendre que partageait sans doute Marie. Mais pour rien au monde elle ne l'aurait avoué! Elle disait : « Roméo? Ah oui! il est gentil. » Ses confidences s'arrêtaient là.

Penny expédia à Roméo un regard noir :

« Je n'ai pas le droit de défendre Jo? »

Roméo lui fit signe de parler moins fort, il lui serrait le bras au point de lui faire mal.

« Inutile de parler de lui pour le moment, dit-il. Ce n'est pas une bonne façon de lui rendre service. Tu sais combien il est vulnérable. S'il entend dire qu'il est la cible de tous les racontars du quartier, il ne reviendra pas chez lui, il se cachera je ne sais où et, pour le coup, il sera vraiment suspect. Allez, Penny. Va jouer avec Thomas et Poly.

— Jouer? s'écria Penny. Tu nous prends pour des imbéciles, des débiles ou des bébés? Tu emploies de drôles de mots, par moments, Roméo. Jouer! Nous avons autre chose à faire, je te le jure.

— Bon! fit Roméo. Ne te fâche pas! Quel caractère! Arrangez-vous comme vous voudrez, mais ne restez pas ici.»

Penny allait répondre en langage vert que l'asphalte de la rue appartenait à tout le monde et qu'elle s'y promènerait autant qu'elle le voudrait, lorsque Thomas, à son tour, l'empoigna par le bras.

«Hé! s'écria-t-il. Poly est parti, regarde-le, il file sans nous.»

Penny, aussitôt, piqua un sprint, non sans lancer par-dessus son épaule :

«Si tu laisses accuser un innocent, Roméo, jamais tu n'épouseras ma sœur.»

Le jeune homme leva les bras au ciel, haussa les épaules; pourtant, il riait.

« Satanée fille, maugréa-t-il. Elle sera toujours la même. »

Il adorait Penny, pensait qu'elle serait la plus délicieuse des belles-sœurs, mais trouvait qu'elle avait la tête un peu près du bonnet. Autrement dit, Roméo se demandait si Penny cesserait un jour de se comporter comme une corneille abat des noix, de passer en trente secondes du rire à la fureur et *vice versa,* de se laisser emporter dans des colères folles qui, heureusement, cessaient aussitôt. Le tempérament de Penny était plutôt vif! « C'est signe de bonne santé », songea Roméo. Il n'était pas loin de donner raison à Penny, du moins en ce qui concernait son antipathie pour l'acerbe Mme Gagnon, toujours prête à médire de chacun, hargneuse et sèche de cœur. Lui-même, Roméo, ne pouvait pas souffrir Julie Gagnon. Il se retourna vers elle :

« Allons, dit-il, nous perdons notre temps, ici. Ce n'est pas notre présence qui va faire découvrir les coupables ni guérir de son choc nerveux la pauvre Mme Lapointe.

— Tiens, tiens! s'écria Julie Gagnon et sa voix dure claqua dans l'air comme un coup de fouet. Toi aussi, Roméo, tu te crois obligé de défendre ce triste individu qu'est Joseph Tremblay? Sans doute parce qu'il est l'ami des Chantecœur et que tu fréquentes Marie! Tu crois que je ne vous ai pas vus, tous les deux, bras dessus bras dessous, dimanche dernier dans les allées du parc?»

Roméo avait rougi, il sentait la moutarde lui monter au nez :

«Que vous a fait le grand Jo, madame Gagnon, pour que vous le détestiez à ce point? demanda-t-il.

— Il ne m'a rien fait et je ne le déteste pas, répondit la voix aigre. Mais j'ai toujours dit que cet homme-là était dangereux. Il n'est pas normal. Je l'ai vu se promener un jour avec un moineau posé sur le dos de sa main! Il marchait au milieu des voitures, roucoulant des histoires à ce pauvre moineau qui était fasciné et ne s'envolait pas.»

Il y eut des rires. Le regard féroce de Julie Gagnon balaya la foule.

«Pas de quoi rire! lança-t-elle. Il y a longtemps que le grand Jo devrait être dans un asile psychiatrique ou dans une maison de santé. Il n'a pas sa place parmi nous. Ce n'est pas sa faute s'il est malade et demeuré, mais je le répète : il est dangereux. On ne sait jamais ce qui peut germer dans un esprit détraqué. »

Des hommes et des femmes hochaient la tête autour d'elle. Pas mal de gens, dans l'assistance, lui donnaient raison.

Roméo haussa les épaules et s'en alla. Après tout, il n'avait pas à discuter avec les quelques affamés de catastrophes qui se trouvaient là. Et puis on était dimanche ! Roméo avait le cœur en fête, son patron venait de lui céder pour presque rien une camionnette d'occasion. Est-ce que Marie accepterait une partie de pêche dans un joli coin, auprès d'un lac ? Si la partie de pêche ne lui convenait pas, on pourrait rouler en voiture, visiter les 37 400 hectares de la Réserve Joliette, aller même jusqu'à Saint-Michel-des-Saints, pourquoi pas ? Il fallait partir de bonne heure, pas de temps à perdre !

Poly trottait dans une rue, non loin de la maison de Jeanne Lapointe et de ce rassemblement de curieux qui continuaient à écouter la malveillante Julie Gagnon tout en échangeant des pensées plus lugubres les unes que les autres.

De nouveau pendus à la crinière blonde, Thomas et Penny se laissaient entraîner. Le poney dépassa le grand immeuble en haut duquel se trouvait le modeste logement de Joseph Tremblay : deux pièces et une cuisine.

« Arrêtons-nous, cria Penny. Allons voir si le grand Jo est rentré chez lui. »

Mais Poly continua, tout droit, sans hésiter. Il humait l'air et trottait résolument. Il paraissait évident qu'il avait un but.

« Si on le lâche, dit Thomas, il ne nous attendra pas et

on ne le trouvera plus.

Tu vois bien qu'il a une idée dans la tête!»

Certes, il semblait en avoir une! Il était même curieux de constater à quel point cette idée le poussait : il allait en ligne directe vers un lieu précis. Mais lequel? Il filait sur le trottoir, c'était tout juste s'il ne bousculait pas les piétons. Quelques-uns riaient, les autres paraissaient ahuris ou furieux. Thomas et Penny renoncèrent à tenir la crinière. A trois, ils étaient trop encombrants sur un trottoir. Poly allait devant. Penny et Thomas couraient derrière le poney et n'en pouvaient plus. Haletants, à bout de souffle, ils ne parvenaient plus à échanger un mot, se contentaient de suivre, mettant toutes leurs forces dans leurs jambes, essayant de ne pas se laisser distancer.

Poly profita d'un feu rouge pour traverser le boulevard. Quel boulevard? On abordait un quartier de Joliette que Penny ne connaissait qu'à peine et Thomas pas du tout. Poly fonçait toujours, malgré les quolibets et les interjections que lançaient certains conducteurs furieux ou amusés :

«Et alors! C'est le cirque?

— Pas la peine de courir, les enfants, vous ne le rattraperez pas!»

Poly galopait! On pouvait imaginer qu'il s'était échappé d'un zoo, d'un manège, d'un parc. Comment les automobilistes et les piétons ahuris auraient-ils pu penser qu'il conduisait tout simplement deux de ses amis vers un but dont ils ignoraient tout, mais qui, pour le poney, semblait facile à atteindre et précis?

Poly obliqua brusquement dans une rue que longeait une palissade. Là, il ralentit. Et enfin, il marcha au pas. Il soufflait très fort, les narines dilatées. Il n'y avait presque personne dans cette rue. Sur la palissade, un grand panneau indiquait des travaux en cours, le nom d'une entreprise. Mais on était dimanche! Thomas et Penny, essayant de reprendre leur souffle, s'étaient immobilisés, regardant les grues immobiles dont ils apercevaient, au-dessus de la palissade, les bras puissants, les lourdes articulations.

Poly longeait la palissade. Thomas et Penny se dépêchèrent de le rattraper. Le poney s'engagea, sur la droite, dans une sorte d'impasse, elle aussi bordée des deux côtés par une clôture, mais de grillage, celle-là. On voyait, au travers, un immense terrain vague avec de grands trous creusés, des montagnes de terre à côté, des engins énormes montés sur chenilles qui étaient abandonnés là.

Poly trotta vers le fond de l'impasse. Une longue chaîne tendue entre les deux clôtures empêchait d'aller plus loin. Et si on avait eu envie d'enjamber la chaîne ou de passer dessous, un panneau bien en vue annonçait :

DANGER !

CHANTIER DE CONSTRUCTION

Accès interdit

Poly méprisa cette mise en garde. Baissant la tête, ployant un peu les jambes, il passa sous la chaîne. Ensuite il se retourna et hennit ; il invitait Penny et Thomas à le suivre, mais eux lui jetaient des regards apeurés.

« Reviens tout de suite ! ordonna Thomas. Veux-tu venir, Poly ! Tu ne t'imagines pas que nous allons te suivre là-dedans ! Pour tomber dans un trou ou recevoir je ne sais quoi sur la tête ?

— Il insiste, murmura Penny. Regarde-le... Il s'énerve de nouveau. »

Poly piaffait, ruait, tournait sur lui-même. En proie, comme cette nuit, à une impatience ou à une colère folles, il grattait le sol, soufflait furieusement.

Thomas regarda autour de lui : personne. Pas de maisons habitées, aucun passant...

« S'il nous arrivait un accident, on ne pourrait appeler personne, dit-il. Qui nous entendrait ? »

Penny haussa les épaules.

« Pourquoi veux-tu qu'il nous arrive un accident ? Il suffit de faire attention. Nous n'avons qu'à suivre Poly, il n'est pas assez bête pour se jeter dans un trou ! Et puis on se tiendra loin de ce début de construction, là-bas. On ne passera pas sous les grues. Tu viens ? Moi, j'y vais.

— Non, Penny.

— Si ! »

Cette entêtée de Penny se baissait déjà pour passer sous la chaîne. Elle rejoignit Poly qui n'attendit pas Thomas pour s'engager plus profondément dans le dangereux chantier. Thomas les appela, mais rien n'y fit : ils continuaient. Il fallait bien les suivre pour les empêcher de faire trop de sottises !

Poly avançait doucement, prudemment.

« Tu vois, dit Penny. Il n'est pas fou ! Il veut nous montrer quelque chose.

— Je ne te dis pas le contraire, maugréa Thomas. Mais tout de même, un endroit pareil... »

Ils contournèrent un grand trou préparé sans doute pour recevoir ce qui serait plus tard le sous-sol d'un immeuble, des garages. Il fallut escalader un énorme amas de terre et de glaise que les gros engins à chenilles n'avaient pas encore étalé. Poly alla jusqu'aux grues, il passa entre des arcades de béton... Un futur supermarché ? Thomas et Penny ne cherchaient pas à imaginer ce que seraient ces constructions, ils avaient un peu peur. La curiosité les obligeait cependant à suivre le poney qui passait maintenant derrière un mur construit en gros blocs de ciment. C'était rude et assez sinistre comme décor. Il ne marchait plus, il trottait. Et tout à coup, il disparut à l'angle du mur. Thomas et Penny l'entendirent hennir. Ils se regardèrent, inquiets. Puis ils se mirent à courir pour rejoindre le poney.

Quand, enfin, ils aperçurent de nouveau Poly, ils restèrent médusés. Le décor, ici, leur paraissait insensé : un amas de ferrailles tordues, des gravats. Cela ressemblait à une décharge publique, c'était affreux. Poly était là, auprès d'un entassement de toutes sortes d'objets provenant des maisons démolies, de logements anciens qui allaient être reconstruits. Mais pour le moment c'était d'une tristesse!

Thomas devint brusquement très pâle.

« Près de Poly, murmura-t-il, regarde! Qu'est-ce que c'est ? »

Le poney s'était immobilisé. Il baissait le nez vers une forme allongée.

« On dirait... un corps! chuchota Penny, épouvantée.

— Le blouson... articula Thomas, la gorge sèche. Le blouson de Jo!

— Mais non, souffla Penny qui pouvait à peine parler. Tout le monde porte des blousons de ce genre. Pourquoi veux-tu que ce soit celui du grand Jo?»

Penny se sentait incapable de faire un pas de plus. Thomas lui prit la main.

«Viens, dit-il. Que ce soit Jo ou un autre, il faut voir si c'est un mort ou un vivant, et si c'est un vivant, il faut lui porter secours.

— Et si c'est un mort? articula Penny, la voix chavirée.

— Si c'est un mort, il faudra prévenir la police», affirma Thomas qui voulait se montrer courageux, mais dont la voix chevrotait.

Ils avancèrent, le cœur battant très fort. Quand ils eurent rejoint Poly, ils restèrent figés, ne pouvant détacher les yeux de ce corps allongé qu'ils reconnaissaient.

C'était le grand Jo! Mais dans quel état! Le visage tuméfié, la bouche en sang.

Penny sentait sa tête tourner, elle faillit s'évanouir. Thomas se baissa, il toucha la main du grand Jo.

«Il vit!» s'exclama-t-il.

Le grand Jo blessé, mais *vivant!* Penny retrouva tout son courage. Elle s'accroupit auprès de Thomas, elle caressa doucement les cheveux de l'homme inanimé, elle sortit un mouchoir pour lui essuyer la bouche.

«Jo... murmura-t-elle. Pauvre grand Jo! Que t'est-il arrivé? Que t'a-t-on fait? Ouvre les yeux, je t'en supplie. Jo! C'est nous, tes amis...»

Elle pleurait. Et brusquement, levant les yeux vers Thomas, elle cria :

«Il faut un médecin, Thomas, une ambulance, vite! Cours chercher du secours!»

Etait-ce le son de cette voix amie qui réveillait enfin le grand Jo? Il entrouvrit les yeux. Des yeux bleus comme le ciel d'aujourd'hui. Et il souriait innocemment, on eût dit qu'il émergeait d'un songe. Il essaya même de se redresser, mais cela lui arracha un gémissement de douleur, sa tête retomba, il referma les yeux. Il avait sa conscience, pourtant, puisqu'il essayait de parler. Se baissant plus encore, Thomas et

Penny cherchaient à capter les mots à peine murmurés. Ils entendirent :

« N'ayez... pas peur. Ce... n'est rien. Soif... J'ai... soif... »

Où trouver à boire pour Jo dans ce désert ?

4

«Où habite Délima?» demanda tout à coup Thomas.

Penny le regardait sans comprendre :

«Pourquoi parles-tu de Délima?

— Parce que c'est une fille bien, on peut lui faire confiance. Elle est la meilleure amie de ta sœur, elle connaît Jo, elle l'aime beaucoup et puis surtout, elle est médecin. Elle saurait quoi faire pour lui.

— Médecin ? Elle n'est encore qu'étudiante.

— Une étudiante en médecine, dans le cas présent, c'est mieux que rien.

— Je te dis, Thomas, qu'il faut prévenir la police ou l'hôpital. »

Les yeux fixés sur le grand Jo qui semblait s'être évanoui de nouveau, Thomas secoua la tête. Penny lui jeta un coup d'œil sévère :

« Tu as peur pour Jo ? A cause de ce qui s'est passé cette nuit ? Toi aussi tu le crois coupable ?

— Bien sûr que non. Mais je pense qu'il n'est pas en état de se défendre, il répondrait n'importe quoi si on l'interrogeait. »

Penny haussa les épaules.

« Avant de penser à son futur interrogatoire, dit-elle, il faudrait d'abord le soigner et, pour commencer, lui donner à boire. Tu te décides, Thomas ? Va chercher de l'eau. Ou bien reste auprès de Jo, si tu veux et moi, je...

— Délima habite tout près d'ici, coupa Thomas. Tu te souviens ? chez toi, l'autre jour, elle disait que des fenêtres de son studio elle ne voit plus qu'un chantier et que bientôt, au lieu des vieilles maisons de jadis, elle aurait des buildings sous le nez qui lui boucheraient la vue. Elle parlait du chantier de l'entreprise Bourassa, j'en suis sûr!

— *Bourassa,* murmura Penny. J'ai vu ce nom-là quelque part.

— Sur la palissade. Le grand panneau, tu te rappelles?

— Mais oui!... Tu as raison, Thomas! Ce que je suis bête! Je me repère, maintenant. Poly a fait des tours et des zig-zags... en fait nous ne sommes pas loin de chez nous. Et tout près de chez Délima.

— Tu vas la chercher? Moi, je risque de me perdre, je ne suis jamais allé chez elle... Dis-lui qu'elle prenne sa voiture pour transporter Jo.»

Penny fronça les sourcils :

«Tu crois vraiment que...

— Oui, Penny.

— Et si Délima n'est pas chez elle?

— Alors nous serons bien obligés de prévenir la police.

— L'hôpital, surtout!

— Ça reviendra au même. Tandis que Délima...

— Bon, coupa Penny, j'y vais. Veille bien sur Jo en attendant. »

Penny s'élança.

« Attention aux trous », cria Thomas.

Poly hésita un instant. Il voulait accompagner Penny, mais en même temps ne pas quitter le grand Jo et Thomas. Brusquement, il se décida, il partit au trot, rejoignit Penny qui courait. Il s'approcha d'elle, la poussa du nez ; une façon de lui dire : « Attrape ma crinière, comme tout à l'heure. » Penny empoigna une touffe de crins et Thomas se sentit un peu plus rassuré : avec Poly, elle ne risquait rien. Il les regarda disparaître derrière le mur de ciment, puis son regard revint à Jo.

Le pauvre Jo reprenait de nouveau conscience. Il essaya d'entrouvrir les yeux, les referma. Il marmonnait des choses incompréhensibles. De ses lèvres meurtries, gonflées, sortaient des sons inarticulés. Thomas tenait sa main, il la serra un peu.

« Ne t'inquiète pas, Jo, murmura-t-il. Bientôt, tu seras dans un bon lit, on te soignera, tu te sentiras mieux. »

Il lui sembla que la main de Jo se crispait un peu. Entendait-il ? Comprenait-il ? Il ébaucha l'ombre d'un sourire et cela fit du bien à Thomas : Jo ne paraissait pas souffrir. Son souffle se fit régulier, tranquille... il n'était pas évanoui, il dormait.

Penny courait le long de la palissade et Poly trottait auprès d'elle. Il s'agissait de trouver cette ruelle... Vraiment, le quartier avait changé depuis qu'on avait abattu les vieilles maisons ! Il y avait longtemps que Penny n'était pas venue chez Délima, elle ne reconnaissait rien. Là-bas, peut-être, cette rue, juste en face du panneau indiquant le nom de l'entreprise ? Oui, c'était là. Délima habitait juste au coin.

Penny repéra la maison. Maintenant, elle la reconnaissait : trois étages, un aspect un peu vieillot... Le studio de Délima se trouvait au troisième.

« Attends-moi, Poly, reste devant la porte », dit Penny.

Elle entra. Dédaignant l'ascenseur, elle

monta l'escalier. Elle s'étonnait de ne rencontrer personne, ni dans la rue tout à l'heure, ni dans cet escalier. Etait-ce parce que les gens se réveillent tard le dimanche matin? Ou parce qu'ils partent en week-end? «Tant mieux!» se disait-elle. Mais Délima serait-elle chez elle?

Penny sonna au troisième. Aussitôt, elle entendit des pas derrière la porte et elle en éprouva une grande joie.

«C'est moi, c'est Penny!» lança-t-elle.

La porte s'ouvrit aussitôt, laissant apparaître la mince silhouette et le joli visage de Délima qui souriait.

«Quelle bonne surprise! s'écria-t-elle. Bonjour, ma chérie!»

Les deux filles s'embrassèrent. Délima avait dix-neuf ans, l'âge de Marie, et elle était Indienne. Son accent à la fois guttural et chantant, son visage très typé lui donnaient un charme délicieux.

«Entre vite! Je prenais mon petit déjeuner, le café est chaud. En veux-tu?

— Merci, Délima, je n'ai pas le temps, dit Penny. Nous avons besoin de ton aide, je venais te chercher. »

Et sans autre préambule, Penny ajouta :

« Thomas, Poly et moi, nous venons de trouver Joseph Tremblay, là-bas, dans le chantier en face de chez toi. Il est blessé. La police le recherche à cause de...

— Je sais, murmura Délima dont le visage était devenu anxieux.

Je suis au courant, ta sœur vient de m'appeler. Marie m'a dit que la police le recherche pour l'interroger. C'est tout juste si on ne le soupçonne pas d'avoir...

— Oui, oui, c'est ça, coupa Penny. Et justement à cause de ces stupides soupçons, Thomas pense qu'il ne faut pas prévenir la police. Est-ce que tu ne pourrais pas soigner Jo, Délima? Si on pouvait l'amener chez toi... Le temps qu'il prenne des forces, tu comprends?»

Les larmes montaient aux yeux de Penny.

«Tu sais bien qu'il est capable d'avouer n'importe quoi si on l'interroge. Tu le connais! Je t'en supplie, Délima, aide-le, aide-nous.»

La jeune fille secoua ses cheveux noirs, ses yeux allongés en forme d'amande eurent une expression effrayée :

«Tu te rends compte de ce que tu me demandes?

— Oui, murmura Penny, je sais, nous ne respectons pas la loi. Mais l'amitié, c'est l'amitié, non? Est-ce que tu ne veux pas aider le grand Jo?

— Bien sûr que si! s'exclama la jeune Indienne. Mais...»

Elle n'acheva pas, elle paraissait bouleversée.

« Bon, dit-elle tout à coup, allons-y. »

Laissant Penny sur le pas de la porte, elle courut vers sa salle de bain. En même temps, elle posait des questions :

« Tu dis qu'il est blessé ?

— Oui, répondit Penny. Au visage. Comme s'il avait reçu des coups de poing. Il a ouvert les yeux et il a dit qu'il avait soif.

— Il est très pâle ?

— Assez, oui. Peut-être qu'il a passé toute la nuit dans ce chantier !

— Va dans la cuisine, Penny. Il y a un sac pendu au dossier d'une chaise. Remplis-le de tout ce que tu verras sur la table. Tu trouveras une bouteille vide dans le placard, mets du café dedans et bouche-la. N'oublie pas le sucre. Pendant ce temps, je prépare une trousse avec ce qu'il faut pour soigner les blessures de Jo. J'espère que ce n'est pas trop grave, sinon je ne pourrai rien pour lui, il faudra avertir un médecin. »

En quelques minutes, tout fut prêt : victuailles, boisson et trousse d'urgence. L'essentiel. Délima claqua la porte de son studio, se précipita dans l'ascenseur, entraînant Penny.

Un instant plus tard, sa voiture démarrait au sous-sol, puis grimpait la rampe qui menait vers la sortie. A peine arrivée dans la rue, elle vira en faisant crisser les pneus ; Délima appuyait sur l'accélérateur, fonçant à grande allure vers la chaîne qui barrait l'entrée du chantier. Poly galopait derrière.

Un coup de frein stoppa la voiture devant la chaîne et Poly, emporté dans l'élan, faillit buter contre la carrosserie.

« Il faut ouvrir », dit Délima.

Elle sauta de la voiture. Penny aussi. Elles parvinrent à décrocher la chaîne qui tomba sur le sol avec un grand bruit. Trente secondes plus tard, la voiture roulait dans le chantier, mais cette fois derrière Poly qui servait de guide.

Thomas les vit arriver. Joli spectacle ! Poly galopait au milieu des montagnes de terre, des trous et du béton. La voiture suivait et on avait l'impression qu'elle faisait des bonds. Tant pis pour les amortisseurs ! On devait être bien, là-dedans ! Penny sautait sur son siège, Délima sur le sien, mais elle tenait ferme le volant et appuyait toujours sur l'accélérateur, le moteur vrombissait. Un nuage de poussière se formait derrière la voiture qui fit un dernier bond et le moteur cala, à deux mètres de Thomas et du grand Jo toujours allongé.

Délima sauta de la voiture, courut vers eux, sa trousse à la main. Elle lança un vague bonjour à Thomas et s'agenouilla près du blessé. Elle prit un poignet, puis l'autre.

« Le pouls est normal », dit-elle.

Jo ouvrit les yeux, la reconnut. Il lui sourit. C'était plutôt un rictus tant le visage était déformé, les lèvres gonflées. Délima essaya de plaisanter :

« Allongé, tu parais encore plus grand que debout, Jo ! Mais je te préfère debout. Essaie de bouger tes jambes. »

Il essaya. Délima l'aidait.

« Rien de cassé de ce côté-là, dit-elle. Les bras et le dos, maintenant. Tu peux te soulever ? »

Jo fit un effort, il parvint à s'asseoir. Thomas le soutenait, Penny aussi et Poly, gentiment, s'efforçait de le pousser du nez.

« Ça va, dit Délima. Et la tête ? Tu as très mal ?

— Bof!» fit le grand Jo.

Il tourna la tête, d'un côté, de l'autre, la pencha en arrière, en avant. Délima eut un rire. Elle regarda Penny, puis Thomas et lança joyeusement :

«Je crois que je vais pouvoir le remettre d'aplomb. Prépare-lui du café bien sucré, Penny.»

Lorsque Jo eut avalé le café encore tiède, son regard s'éveilla, il se sentait beaucoup mieux. Il mangea et ce fut presque une résurrection; il voulait se mettre debout.

«Attends», dit Délima.

Elle lui lava le visage, examina ses plaies.

«Qui t'a mis dans cet état? demanda-t-elle. Tu t'es battu? Raconte-nous ce qui s'est passé. Comment es-tu arrivé dans ce chantier?»

Jo ne répondait pas. Il promenait un regard étonné sur le chantier, comme s'il le découvrait.

«Qu'est-ce que je fais là? murmura-t-il enfin. Où est-ce?

— Tout près de chez moi, répondit Délima. Tu venais me voir? Essaie de te souvenir... Où étais-tu, cette nuit? Tu n'as pas dormi chez toi?»

Jo secoua la tête. Son visage tuméfié se

crispait tant l'effort qu'il faisait pour se souvenir était grand. Il secoua encore la tête.

«Je ne sais pas, dit-il. Je ne sais plus.»

Son regard erra encore sur le mur de ciment, l'amas de gravats et de détritus, de ferrailles tordues, puis le même regard malheureux se posa sur Thomas, sur Penny, sur Délima, s'attarda enfin sur Poly. Un sourire naissait, comme un espoir.

«Lui, dit le grand Jo, lui je l'ai vu. Il est venu me chercher à la papeterie.

— Ça lui arrive souvent, dit Thomas. Mais hier il n'a pas pu le faire parce que que c'était samedi et le samedi tu ne travailles pas.

— Je l'ai vu, répéta le grand Jo avec une sorte d'entêtement. Il était avec moi.

— Cette nuit? suggéra Penny. Vous vous êtes promenés ensemble pendant la nuit, n'est-ce pas? Le temps était lourd, très chaud et il y avait un beau clair de lune. Tu te souviens, Jo?

— Un beau clair de lune», répéta Jo d'une voix à peine audible.

On eût dit qu'il rêvait.

«Je ne sais pas ce qui lui est arrivé, dit Délima, mais il est encore sous le choc. Je vais l'emmener chez moi, il faut qu'il dorme. Quand il sera bien reposé, je pense que la mémoire lui reviendra.»

Jo parvint à monter dans la voiture. Ensuite, chez Délima, il prit l'ascenseur. On l'installa sur le divan, dans le studio. Pendant qu'il dormait, Poly, qui attendait en bas, trottait d'un bout à l'autre de la rue, il trouvait le temps long. Là-haut, Penny et Thomas le passaient, ce temps, comme ils pouvaient. Délima faisait un peu de ménage, rangeait, s'occupait.

Au bout de deux heures, Jo se réveilla. Il était en pleine forme, ou presque. Un peu mal partout, mais rien de grave. Malheureusement, la mémoire ne revenait que partiellement. Il se souvenait à peu près de ce qui s'était passé dans la soirée : il raconta qu'il avait dîné chez lui, tout seul comme d'habitude. Et puis il s'était installé sur son lit pour lire un livre que lui avait prêté Mme Chantecœur. Ensuite, il avait éteint la lumière. A cause de la chaleur, il ne parvenait pas à dormir.

Il faisait nuit lorsqu'il entendit le bruit des sabots de Poly dans la rue. Il se rappelait ce bruit... Il était descendu parce qu'il pensait qu'il pourrait se promener un peu avec le poney, puis le raccompagner jusqu'au jardin des Chantecœur, le mener à son écurie, et fermer le portail en repartant.

Il se souvenait d'avoir marché dans les rues avec Poly, de lui avoir donné les morceaux de sucre qu'il avait emportés dans sa poche. Son souvenir le menait jusqu'à cette rue où habitait Jeanne Lapointe : Poly s'était énervé. Il y avait une voiture arrêtée au bord du trottoir, avec un homme dedans. Un autre homme était sorti de chez la vieille Mme Lapointe et Jo s'était demandé qui pouvait lui rendre visite à une heure aussi avancée de la nuit? Il était bien deux heures du matin.

Le récit de Jo s'arrêtait là. Ensuite, plus rien. On avait beau le harceler, le questionner, son regard s'attristait et il ne répondait plus.

A propos des deux hommes qu'il avait vus, celui qui sortait de chez Mme Lapointe et l'autre qui était resté dans la voiture, il ne pouvait dire que des choses très vagues :

« Celui qui était dans la voiture avait un long nez. Celui qui sortait de chez Mme Lapointe portait des jeans et un blouson de toile écrue comme le mien. Il était très grand et large d'épaules. Pas tout à fait aussi grand que moi, mais presque. »

Penny, Thomas et Délima se regardaient, atterrés. Si Jo ne se souvenait pas de ce qui s'était passé *après,* qui croirait à sa version rocambolesque? Une promenade nocturne avec le poney, la rencontre — justement devant la maison de la vieille dame qui avait été molestée et volée — avec des inconnus dont l'un ressemblait étrangement à Jo lui-même? C'était insensé. Un vrai conte. Une coïncidence effarante, ou un mensonge.

La police croirait plutôt à un mensonge.

Jo devait aller plus loin dans ses révélations, ou bien il était perdu.

Pourtant, Penny et Thomas croyaient à son histoire. Ils racontèrent à Délima leur aventure de la nuit, vers trois heures du matin, l'énervement de Poly. Ils insistaient :

« Poly a tout vu, dit Thomas. C'est lui le vrai témoin. »

Délima réfléchissait : convaincre la police ? Avec un poney pour seul témoin ?

Le récit des deux enfants n'apportait pas grand-chose, celui du présumé coupable le mettait en cause au lieu de le disculper. Alors ? Que faire ?

Le grand Jo posait sur elle un regard tellement naïf ! Pauvre Jo ! Il ignorait l'affreuse accusation qui allait bientôt peser sur lui. Il ne fallait pas l'effrayer. Délima lui prit la main.

« Repose-toi, Jo, dit-elle doucement. Allonge-toi sur le divan et dors encore un peu. Ne t'inquiète de rien. Tu as dû avoir une crise, cette nuit. Ta maladie...

— Une crise, répéta tristement Jo. Oui, c'est ça, une crise. Et après je ne me souviens plus de rien. J'ai dû tomber. »

Ses yeux s'embuèrent de larmes :

« Je n'avais plus de crises depuis longtemps, Délima. Le docteur m'avait dit que... j'allais bien. Je me croyais guéri. »

La jeune Indienne posa une main sur le front du grand Jo.

« Ne te tracasse pas.

— Et mon travail? Est-ce que je vais encore le perdre? Est-ce qu'on va m'envoyer à l'hôpital?

— Tais-toi, Jo. Tu es tranquille, ici. N'aie pas peur. Tu as toute la journée pour te reposer et tu es entouré d'amis. Reste calme, ne pense à rien. »

Délima effleurait de sa main le front de Jo, elle lui parlait comme à un enfant.

« Allonge-toi. Essaie de dormir. »

Il obéissait. Il s'étendit sur le divan et ferma les yeux. Bouleversés, Penny et Thomas le regardaient. Il était tellement émouvant de voir ce grand corps qui n'aurait dû être que force et santé réduit à cet état de faiblesse! Lorsque le souffle de Jo se fit régulier, Délima fit signe à Thomas et à Penny de la suivre. Elle sortit de la pièce, referma la porte derrière elle et entraîna ses jeunes amis vers la cuisine.

Elle se laissa tomber sur une chaise. Elle cachait son visage dans ses mains.

« Ah non! s'écria Penny. Si tu te mets à pleurer, toi aussi...

— Je ne pleure pas, dit Délima. J'essaie de comprendre. »

Elle resta silencieuse un instant, puis, levant un regard calme vers Penny et Thomas, elle dit :

« Je vais le faire disparaître. »

Penny et Thomas restèrent muets. Effarés, il contemplaient la jeune Indienne.

« Disparaître? articula enfin Thomas. Qu'est-ce que tu veux dire? »

5

Avec son regard énigmatique, Délima ressemblait à un sphinx. Comment voulait-elle faire disparaître le grand Jo? Par un coup de magie indienne? Des idées saugrenues effleuraient l'esprit de Thomas et celui de Penny.

Le rire de Délima les réconforta.

« A quoi pensez-vous ? demanda-t-elle. Vous en faites une tête !

— C'est cette... cette "disparition" de Jo qui nous intrigue, bredouilla Penny. Que vas-tu inventer pour lui ? Tu acceptes de le garder chez toi, je suppose. Sinon, où se cacherait-il ? »

Délima fixa son regard dans celui de Penny, puis dans celui de Thomas :

« Ne cherchez pas à savoir. Vous êtes venus me trouver, n'est-ce pas ? Vous avez réclamé mon aide. Eh bien, je prends la responsabilité de Jo. Là où je l'enverrai, il sera à l'abri. Ne m'en demandez pas davantage. Je vous aime beaucoup, mais je ne veux rien vous dire de plus. D'ailleurs, il vaut mieux, pour nous tous, que vous ne soyez pas au courant. »

Il aurait été vain d'insister : Délima tenait à garder le secret sur ses intentions.

« Le principal est que Jo ne soit pas jeté en prison, dit Thomas.

— C'est exactement ce que je pense », répliqua Délima.

Elle avait un petit air têtu qui inspirait le respect. Elle faisait preuve d'une belle détermination, Thomas en fut assez satisfait. Il jeta un coup d'œil à Penny, qui hocha la tête, et il comprit qu'elle partageait son opinion : on pouvait faire confiance à Délima, elle protégerait Jo. Très bien. Mais comment le protégerait-elle ? Mystère.

« Essayons d'imaginer ce qui s'est passé cette nuit, dit Délima. Bien entendu, nous partons du principe que Jo est innocent.

— C'est évident, affirma Penny avec vigueur.

— Peut-être, reprit Délima, mais il faut le prouver. Donc, pour le moment, ce n'est qu'un principe ou une supposition.

— Il avait bien le droit de se promener dans la rue avec Poly, fit remarquer Thomas. Même à deux heures du matin. »

Délima eut un geste agacé.

« Ne m'embrouille pas ! J'essaie de reconstituer les faits et j'imagine le reste : il se promène avec Poly. Ils arrivent tous les deux près de la maison de Jeanne Lapointe. L'homme — le vrai coupable — qui vient de commettre son forfait, sort de chez la vieille dame. Son complice l'attend dans une voiture. Tous deux voient le grand Jo et le poney. Le poney, ils s'en moquent. Poly ne représente pas un danger pour eux, ils le laissent courir. Mais Jo pourrait les reconnaître, témoigner contre eux. Pour lui faire peur, sans doute, et l'empêcher de parler, ils se jettent sur lui, le menacent, le bourrent de coups. Des coups sur le visage, sur la tête. Jo s'effondre, il ne se défend pas, les coups et l'émotion ont provoqué une crise d'épilepsie.

— Tu crois qu'il a eu sa crise à ce moment-là ? » interrompit Thomas.

Délima hocha la tête :

« J'en suis presque sûre. Je pourrais même dire que j'en suis certaine. Un épileptique perd totalement le souvenir de ce qui se passait au moment de sa crise. Et c'est à l'instant où Jo est attaqué qu'il oublie tout. Les deux hommes s'affolent, ils croient l'avoir tué. Ce sont des voyous, mais pas des tueurs, ils ne veulent pas avoir un meurtre sur le dos. Ils tirent Jo, le jettent dans leur voiture et filent. Comment se débarrasser du corps de Jo ? Ils hésitent, ils ne savent pas où aller. Ils passent le long de la palissade du chantier. Un terrain vague, une sorte de désert ? Voilà ce qu'il leur faut.

— Bien entendu, continua Thomas,

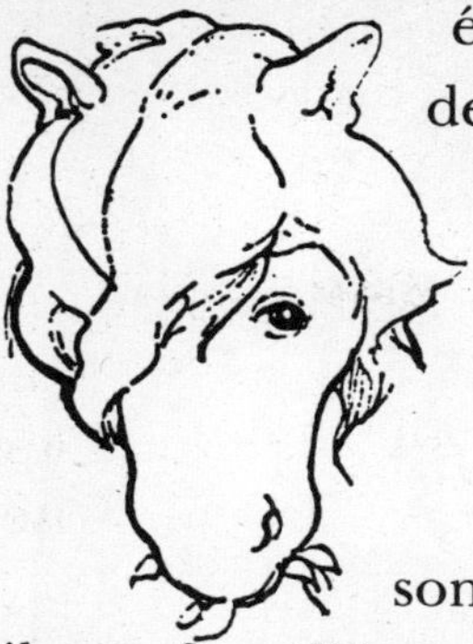

ébloui par le raisonnement de Délima, Poly les a suivis. Il les voit abandonner Jo derrière le mur de ciment, près de l'amas de détritus. Il revient à la maison au grand galop, son cou est couvert d'écume, il est fou d'énervement. Il essaie de nous prévenir, Penny et moi.

— A moins... murmura Penny, à moins qu'il n'ait poursuivi la voiture des voyous avant de revenir à la maison. Et dans ce cas...

— Dans ce cas, s'écria Thomas brusquement fou de joie, nous ferions mieux de courir derrière lui au lieu de perdre notre temps! Il sait où sont ces types-là, voyons, c'est absolument évident! On les retrouve, on prévient la police, ils sont arrêtés et, pour Jo, c'est fini. Il n'aura jamais rien su de tout ça. Viens, Penny, on y va.»

Thomas s'élançait; lui saisissant le bras, Délima l'arrêta en plein envol.

«Tu délires, mon garçon! dit-elle d'une voix plutôt sombre. Ce que je viens de

raconter n'est qu'une hypothèse. Il faut des preuves.

— Toi et tes preuves! grommela Thomas.

— Il ne suffit pas de retrouver les deux individus, continua Délima sans se laisser impressionner par le ton impatient de Thomas. Il faudra prouver que l'un des deux est bien l'agresseur de Jeanne Lapointe. Ce ne sera pas facile.

— Commençons par essayer de les retrouver, dit Penny. Pour le reste, on verra après.»

Délima les regardait tous les deux, elle paraissait inquiète.

«Est-ce que par hasard tu nous jugerais indignes de l'opération? demanda Penny. Tu penses que nous ne sommes pas à la hauteur? Tu nous prends pour de parfaits imbéciles? D'après toi, nous allons sans doute bavarder comme des pies, courir les plus grands risques sans parvenir au moindre résultat, et mettre tout le monde dans le pétrin?»

Délima poussa un profond soupir.

«C'est en effet ce que je crains, dit-elle.

— Merci quand même!

— Ce que vous allez tenter de faire n'est pas un jeu d'enfant, insista Délima. C'est dangereux. Je devrais vous empêcher de vous lancer dans une aventure pareille, ou au moins vous accompagner. Seulement, je dois m'occuper de Jo.

— Qu'y a-t-il de plus innocent que de courir après un poney ? plaisanta Thomas. Nous n'inquiéterons personne. Justement parce que nous aurons l'air de *jouer.*

— C'est vrai, reconnut Délima. Tout de même, soyez prudents, je vous en supplie. »

Thomas hocha la tête.

« Allons-y », dit Penny.

Délima les accompagna jusqu'à la porte d'entrée. Elle les embrassa, renouvela ses conseils de prudence. En leur souhaitant bonne chance, elle n'était pas rassurée du tout.

Elle les entendit courir dans l'escalier... Elle referma doucement la porte et se dirigea vers le téléphone. Elle composa le numéro des Chantecœur. Ce fut Marie qui décrocha.

« Est-ce que Roméo est chez toi ? demanda Délima de façon abrupte.

— Euh... oui ! répondit Marie. Pourquoi ?

— Il a sa voiture?

— Sa camionnette, oui. Il me propose une partie de pêche au bord d'un lac de la réserve Joliette.

— Dis-lui de venir me voir.»

Marie resta muette à l'autre bout du fil. Puis elle essaya de plaisanter :

«Tu es trop jolie, Délima, pour que je t'envoie Roméo!»

Délima s'impatientait.

«Il s'agit de Jo, dit-elle. Ne me pose pas de questions.

— Ah!» fit Marie.

Un instant après, elle demandait :

«Tu permets que je vienne, moi aussi?

— Oh oui, Marie! Viens, je t'en prie. Je ne voulais pas t'inquiéter, je t'aurais raconté plus tard ce qui se passe. Mais tant pis, viens. Je me sens horriblement seule. Je prends un tas de décisions et de responsabilités, ce matin, je me demande si j'ai raison. Je patauge dans le brouillard. Viens vite avec Roméo, j'ai besoin de vous parler à tous les deux.

— On arrive», dit Marie.

Thomas et Penny avaient retrouvé Poly

en bas, mais il était de très mauvaise humeur. L'exaspération le rendait presque furieux. Heureusement, il s'était calmé dès que ses deux amis avaient accepté de le suivre.

Maintenant, il trottait. Entraînés vers une destination inconnue, Thomas et Penny espéraient que c'était la bonne ! Le poney s'en allait-il au hasard, pour se délasser les jambes ? Etait-il sur la piste de ces individus qu'il fallait absolument retrouver pour que le grand Jo soit hors de cause ? Ils n'en savaient rien. Ils couraient derrière Poly, l'espoir bien chevillé au cœur, mais avec un petit doute dans l'esprit.

Après avoir traversé le boulevard, le poney s'engagea dans une rue, puis dans une autre et encore une autre. C'était à se demander s'il n'allait pas traverser toute la ville. Penny s'effrayait un peu.

« Quelle course ! souffla-t-elle en parvenant à un carrefour. Si jamais nous le perdons de vue, je ne sais pas comment nous rentrerons. Je ne connais pas du tout cette partie de la ville. Est-ce que tu as de l'argent pour prendre un taxi, Thomas ?

— Je n'ai rien du tout dans mes poches. Sauf un bout de ficelle. Et toi ?

— Rien de rien, dit Penny. C'est désastreux.

— Mais non! Nous sommes économiquement faibles, libres et légers. Pour courir, c'est parfait.»

Penny éclata de rire. Thomas lui saisit le bras.

«Hé! s'exclama-t-il. Poly vient de tourner à droite. Tâche d'être dans le coup, Penny! Si tu rêves, on est fichus.

— Parce que toi, tu ne comptes pas? Tu n'es pas capable de regarder où va ton poney? C'est toujours moi qui dois...

— Ecoute, Penny, tu m'embêtes! Ce n'est pas parce que tu... Oh! là! là! Il part au galop. Hé! Poly! Du calme!»

Mais Poly n'écoutait rien. Ni les disputes de ses deux suiveurs à bout de fatigue ni les conseils ou les ordres. Thomas et Penny le virent devenir tout petit, loin, loin, au bout d'une rue qui s'appelait la rue du Docteur-James. Un inconnu, ce docteur James! Du moins pour Penny et Thomas. Mais enfin, cet inconnu

avait laissé son nom à une rue et, au bout de cette rue, Poly débouchait sur une très grande place que Thomas et Penny atteignirent après lui.

Il y avait là un parking immense. Les voitures alignées, bien rangées, se succédaient. Elles étaient innombrables.

« Quand je pense que nous sommes dimanche ! s'étonna Penny. Qu'est-ce que ce doit être en semaine !

— A moins de les superposer, dit Thomas, on ne pourrait pas ajouter une voiture de plus. »

Poly louvoyait parmi les automobiles de toutes marques et tous modèles. L'encolure joliment arrondie, il trottait — clac, clac, clac —, avec des airs de danser.

Thomas et Penny le rejoignirent. Ils n'étaient pas mécontents de souffler un peu : Poly — enfin ! — se décidait à marcher au pas. Ils l'observèrent... Il allait d'une voiture à l'autre, passait d'une rangée à la suivante en marquant son évident désappointement par de fréquentes aspirations. Après quoi, l'air qu'il rejetait provoquait des ronflements sonores. Bref ! Il s'énervait.

Il longeait maintenant une rangée de

voitures auxquelles il sembla attacher une importance particulière. Le nez au sol, il flairait des odeurs. Sa crinière blonde retombait en cascade sur sa tête et ne laissait percer qu'à peine deux petites oreilles pointues, duveteuses et mobiles.

Il s'arrêta.

Juste derrière lui, Thomas expédia un coup de coude assez rude à Penny. La bouche ouverte et le nez en l'air, elle écoutait des flonflons lointains évoquant une fête. Ou peut-être une foire. Elle allait dire : «Tu entends cette musique?» lorsque le coup de coude de Thomas l'atteignit dans les côtes et, furieuse, elle lâcha une injure.

«Excuse-moi, chuchota Thomas, mais...»

Et il montra Poly. Le poney approchait lentement du pare-chocs d'une superbe voiture américaine. L'immatriculation québécoise prouvait que ce véhicule *made in USA* appartenait à quelqu'un d'ici. Pas forcément Joliette. Mais peut-être Montréal, Trois-Rivières, Québec ou toute autre ville du Canada français.

Poly fit le tour de cette voiture qui était de couleur sombre : bleu nuit. Il flaira la poignée d'une portière et tout à coup s'agita. Il dressa ses oreilles qui tout à coup se tournèrent, comme deux petits cornets acoustiques, dans la direction d'où venait la musique... Musiques mêlées, d'ailleurs. Ce devait être une foire.

« Là-bas! s'écria soudain Thomas. Tu vois le haut de la grande roue, Penny ? »

Il pointait le bras vers l'autre bout de la place. Derrière un immeuble assez bas, on apercevait en effet le haut d'une chenille de banquettes à deux places qui tournaient. Une roue de fête foraine, bien sûr! On s'amusait, là-bas.

Poly, le nez au sol, s'éloigna de la voiture. Il allait vers un passage protégé qui permettait de traverser la place. Thomas et Penny le suivirent, bien entendu. En même temps que les bruits de fête, les musiques mélangées, de bonnes odeurs de nourriture flottaient dans l'air. Il était midi et Penny mourait de faim. Elle regarda Thomas qui soupira en posant une main sur son estomac. C'était assez clair : il aurait avalé des briques tant il se sentait le ventre creux.

« Avec tout ça, murmura Penny, nous n'avons même pas eu le temps de prendre le petit déjeuner !

— Quand je pense aux crêpes au sirop d'érable ! gémit Thomas. Ni toi ni moi n'en avons goûté une seule. A ton avis, c'était Marie qui les avait faites ou bien ta mère ?

— Maman, je crois, dit Penny.

— Aaaah ! soupira de nouveau Thomas. Elle les fait encore mieux que ta sœur. J'en aurais bien mangé une douzaine. Quel dommage !

— Cesse de parler de nourriture, je t'en supplie, lança Penny. Nous n'avons pas l'ombre d'un dollar pour acheter quoi que ce soit. Alors...

— Alors, murmura Thomas avec des yeux gourmands, si ça continue à sentir la saucisse et le sucre, je crois que je vais tomber raide ! »

Il continuait cependant à courir derrière Poly qui trottait sans défaillance vers la foire. Il avait traversé la place. Il contourna l'immeuble et s'arrêta devant une large esplanade et un jardin — presque un parc — couverts de manèges, de roues bariolées, de baraques multicolores, de jeux et de lumières. C'était fantastique! Il y avait une foule dense. Un vrai dimanche de fête : des restaurants pleins de gens attablés, des guinguettes, des orchestres. On dansait, on buvait, on mangeait, on s'amusait.

Poly se faufila au milieu de toute cette animation.

Thomas et Penny le suivirent. Il y eut des rires sur leur passage, mais aussi des protestations.

« A l'écurie, le poney! » cria quelqu'un.

En courant, Thomas bouscula une jeune fille qu'un garçon tenait par la main. Furieux, le jeune homme rattrapa Thomas, le saisit par le bras, le secoua :

« Non mais dis donc, espèce de petit voyou! Tu veux que je t'apprenne la politesse, moi? Tu pourrais t'excuser, au moins. »

Derrière eux, la jeune fille sautillait sur un pied, essayant de ne pas poser l'autre sur le sol ; elle s'était tordu la cheville. Elle faisait une grimace horrible et se lamentait. Penny se précipita pour la soutenir. Projeté vers elle par la main dure qui lui serrait le bras, Thomas marmonna une excuse, il était rouge de confusion.

La jeune fille n'avait heureusement pas trop mauvais caractère, elle essaya de sourire.

« Ça va, ça va, dit-elle. Mais tout de même, tu devrais faire attention. »

Le grand gaillard lâcha le bras de Thomas pour s'occuper d'elle. Penny s'empressa de s'éclipser, Thomas la rejoignit et tous deux se fondirent dans la foule. Mais où était Poly ? Ils l'avaient perdu.

Tout à coup, ils aperçurent la crinière blonde. Insensé ! Poly entrait dans un restaurant ! C'était là-bas, de l'autre côté du forum, après la grande roue qui tournait

toujours, une musique assourdissante et rythmée dominant presque les cris de terreur ou de joie des garçons et des filles qui perdaient le souffle avant de remonter au sommet de la roue. Là-haut, ils hurlaient de rire. Ou de peur.

6

Thomas et Penny se frayaient un chemin parmi les promeneurs, maudissant la foule, si dense auprès de la grande roue. Il fallait contourner des groupes impénétrables. Un vrai slalom ! Coude à coude, ils essayaient de courir, marmonnant des « pardon ! » et des « excusez-moi ! », prenant garde de ne pas écraser trop de pieds. Mais comment écarter cette marée humaine qui les enserrait ?

Quand ils émergèrent enfin de la cohue, ce fut pour voir Poly sortir au galop du restaurant. Chassé à grands coups de torchon par un serveur qui lançait des jurons et vociférait, le poney exécuta une belle volte, bien arrondie, et revint au trot semer le désordre parmi les clients qui déjeunaient dehors.

Ce fut, en quelques secondes, la révolution sur la terrasse ; les gens se levaient, des chaises tombaient, les bouteilles se renversaient, des femmes criaient.

Poursuivant Poly, qui tournait autour des tables équipées de parasols comme s'il jouait à cache-cache, le serveur s'affala sur un collègue qui portait un plateau. Il y eut un grand bruit de vaisselle cassée. En se relevant, les deux serveurs firent osciller un parasol qui s'effondra enfin, entraînant avec lui une table et tout ce qu'elle portait. Les gens ne riaient plus, ils hurlaient au scandale.

Médusés, Thomas et Penny contemplaient l'épouvantable chahut. Ils n'osaient pas intervenir, et ne voulaient surtout pas appeler Poly.

« Dans ces cas-là, dit Thomas, je ne le connais plus.

— Tu as raison, ça vaut mieux ! » murmura Penny.

Ils auraient aimé se rendre invisibles. Ils auraient préféré ne pas avancer, mais on les poussait derrière. Des curieux, abandonnant la grande roue, venaient s'amuser de ce nouveau spectacle, on voulait voir cela de plus près, on s'attroupait. Le centre d'intérêt n'était plus le vertige et les cris d'effroi des clients de la roue infernale, mais plutôt ce poney qui provoquait une panique à la terrasse d'un restaurant chic. Ce n'était drôle ni pour les serveurs ni pour les clients, mais encore moins pour le patron de l'établissement, qui arrivait en levant les bras au ciel. Il se précipita vers des dames écroulées, avec leurs chaises, dans les restes d'un canard à l'orange ou d'une gibelotte, glissant, les jambes en l'air, sur les sauces répandues et les mélanges divers, de vin, de macédoines et autres victuailles.

Une catastrophe.

Ce fut bien pire lorsque Poly s'arrêta tout

à coup auprès d'une sorte de géant qui se gavait de poulet Marengo, tandis qu'en face de lui, un jeune homme hâve et maigrelet se gorgeait d'une extraordinaire fricassée. Ceux-là n'avaient pas encore été dérangés, mais ça n'allait pas tarder !

Poly flaira le géant.

Thomas et Penny se trouvaient malgré eux au premier rang des curieux ; ils étaient tout près de la table occupée par ces deux hommes.

« Incroyable ! chuchota Penny. Le plus grand... il a un peu l'allure de Jo.

— C'est vrai », murmura Thomas.

Ils se regardèrent tous les deux. Ils

avaient eu la même pensée! Mais ils n'eurent pas le temps de l'exprimer, Poly plongeait le nez vers le bras du géant qui poussa un rugissement, puis, se levant, administra une volée de claques au malheureux poney en lui criant des injures. Après quoi, il se frotta le bras à l'endroit que Poly avait cruellement mordu.

Le maigrelet d'en face souriait béatement et Penny lui entendit dire :

« Décidément, on le voit partout, cet animal. C'était bien lui qui était dans la rue, cette nuit, avec le pauvre bougre que tu as mis en bouillie!

— Vas-tu te taire, imbécile!» hurla le géant.

Poly revenait à l'attaque, mais cette fois, à reculons. Il présentait la croupe. Et c'est là que badauds, serveurs et clients eurent vraiment peur : le poney, fou de colère, ruait de telle façon que le maigrelet, atteint

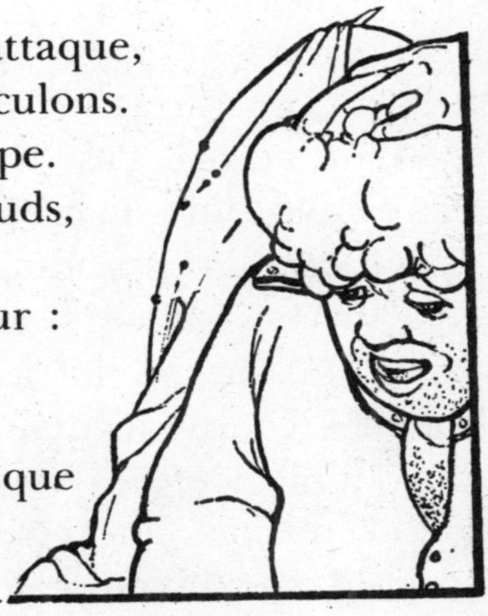

par le premier coup de sabot, se retrouva à genoux par terre. Le géant encaissa dans l'estomac le deuxième, puis le troisième dans les tibias, et le quatrième en plein sur le crâne, car il était plié en deux et gémissait de douleur.

Il s'affala. K.O.

Rassuré, Poly se retourna et le renifla avec dégoût. Après quoi il hennit et, fanfaron, sans doute assez content de lui — il y avait de quoi —, il vint retrouver ses amis.

« Prends le large, Poly, supplia Thomas, ou bien nous sommes fichus. »

En effet, sourcils froncés, trois ou quatre serveurs et le patron de l'établissement approchaient.

« Il est à vous, ce poney ? demanda ce dernier.

— A nous ? Pas du tout ! » s'exclama Penny avec un tel accent de sincérité que le visage du patron s'adoucit.

D'autres serveurs se précipitaient sur Poly. Mais lui se mit à ruer encore, distribua des coups de dents qui provoquèrent des « ouille ! » et des « aïe ! », si bien que personne ne put lui empoigner la crinière et qu'il se retrouva libre à l'autre bout de la terrasse. Il était décidément en pleine forme.

« Ça y est, nous les tenons ! chuchota Thomas dès qu'il fut remis de son émotion.

— Les bandits, les voleurs, les voyous, les assassins ? souffla Penny. Oui, nous les tenons. Ce sont eux, c'est flagrant, on ne peut pas en douter. Quand je pense qu'ils se bourraient de bonnes choses qu'ils allaient payer sans doute avec l'argent de la pauvre Mme Lapointe ! C'est dégoûtant.

— Vite, une ambulance pour ces deux hommes, cria quelqu'un.

— Ils sont vraiment blessés ! Aaaa-ah-ah ! » chevrotait une grosse dame, pendant qu'une autre, en proie à une crise de nerfs, gesticulait en poussant des cris aigus.

Les deux hommes, le grand et le maigrelet, restaient inertes.

« J'ai une idée, murmura Thomas. Pas le temps de t'expliquer, Penny. Laisse-moi faire et enchaîne dans le même sens. Tu vas voir, ça peut réussir. ».

Il approcha des deux « victimes », très entourées, et sur lesquelles on versait des carafes d'eau pour les faire revenir à elles.

«Je les connais, dit Thomas. Ce sont des amis de mon père.»

Il mentait magnifiquement bien! Penny en était ahurie. Mais où voulait-il en venir?

Pas besoin d'une ambulance, reprit Thomas. Un taxi suffirait. Je les ferai conduire chez nous, maman les soignera. Penny! appela-t-il pour finir et d'une voix angélique de petit garçon bien élevé. Peux-tu appeler un taxi, s'il te plaît? C'est pour nos amis... euh... M. Icks et M. Zède.» Penny faillit éclater de rire. Messieurs X et Z? Thomas ne manquait pas d'humour! Cependant, il gardait son sérieux, il était magnifique.

«Je vais appeler un taxi par téléphone, mon petit», s'empressa de dire le patron, trop content sans doute de se débarrasser de clients encombrants et de la corvée de les faire conduire à l'hôpital.

Il alla téléphoner à l'intérieur du restaurant. Quand il revint, il tenait une soucoupe et, dans cette soucoupe, il y avait un papier. C'était la note des deux voyous toujours inanimés malgré l'eau que deux serveurs versaient sur leur tête et les bonnes gifles que leur distribuait un troisième. Cependant les gens se calmaient, sur la terrasse. On remettait les tables debout, on ramassait les chaises et les parasols, on balayait, on disposait de nouveaux couverts, on recommençait à servir. Poly ? Invisible. Il se cachait, pour le moment.

« Qui va me payer ? grommela le patron.

— Ne vous inquiétez pas », dit Penny.

Elle fouilla les poches du pseudo « M. Icks », découvrit une liasse de billets de deux dollars — brun-rouge — et une autre de billets de cinq dollars — bleus, portant d'un côté les armoiries du Canada et le portrait de la très gracieuse souveraine de Grande-Bretagne, Elisabeth II (puisqu'elle est officiellement « reine du Canada »), et de l'autre un charmant petit paysage.

Penny regarda le montant de la note et paya.

« Merci, mademoiselle », dit le patron.

Il arborait un large sourire. Quant à Penny elle glissa à l'oreille de Thomas :

« Il faudra penser à rembourser Mme Jeanne Lapointe, on se cotisera. »

Il était très cher, le déjeuner des bandits ! Ils ne s'étaient privés de rien. Celui qui

ressemblait au grand Jo commençait à se réveiller. Il dodelinait de la tête et ouvrait les yeux. Heureusement, son regard était absolument vide, il ne se rendait pas bien compte de ce qui se passait. Thomas s'inquiéta tout de même. Surtout que le maigrelet, plus vif, reprenait également ses esprits.

Par chance, le taxi arriva.

« Ah, ah! dit le chauffeur. C'est la fête, on a un peu trop bu! »

Il riait. Personne ne prit la peine de le détromper, quatre solides gaillards — les plus musclés parmi les serveurs —, enfournèrent « M. Icks » et « M. Zède » dans la voiture.

« S'il y en avait eu un troisième, chuchota Penny, tu l'aurais appelé M. Igrec ? »

Thomas pouffa de rire.

« Où veux-tu en venir ? chuchota encore Penny. Je ne comprends pas ce que tu mijotes. Que vas-tu faire de ces deux zèbres ?

— Chut ! » fit Thomas.

Il sauta dans la voiture. Penny s'installa auprès de lui. Le patron du restaurant claqua sur eux la portière. « Bon vent ! » se disait-il.

« Où allons-nous ? demanda le chauffeur.

— Au nº 17 de la rue Poutine, répondit sans hésiter Thomas.

— Chez nous ? » s'écria Penny, stupéfaite.

Le nº 17 de la rue Poutine, c'était le portail du jardin des Chantecœur !

« Tu vas un peu fort ! reprit-elle. Maman ne sera pas d'accord et papa, s'il était là, le serait encore moins. Tu te rends compte ? Des brutes, des filous, des bonshommes vraiment malfaisants ? Où vas-tu les mettre ?

— Dans l'écurie», dit Thomas en sortant de sa poche le gros morceau de ficelle qui s'y trouvait par bonheur.

«M. Zède» retrouvait ses facultés mentales, mais il avait du mal à reprendre son souffle.

«Attention, Rosaire, on nous embarque!» essaya-t-il de bredouiller.

«M. Icks» s'appelait donc Rosaire? Et le maigrelet, comment se nommait-il? Thomas le lui demanda assez rudement.

«Cordule Roquebrune», répondit le malheureux jeune homme qui paraissait bien timide pour un gangster.

Il devait être l'ombre de son énorme compagnon. Mais il était prêt à obéir à n'importe qui. Thomas en profita et dit avec autorité :

«Cordule, tâche de ne pas entraver la marche de la justice. Si tu te comportes en honnête homme à partir de maintenant, je suis sûr que les juges en tiendront compte au moment de ton procès. Pour le moment, tu n'as plus qu'à avouer. C'est ton ami Rosaire qui a attaqué Jeanne Lapointe la nuit dernière?

— Oui, souffla cette pauvre loque de

Cordule. Mais ne dites pas que c'est moi qui vous l'ai dit, je vous en supplie. Il m'étranglerait.

— On verra ça », répliqua Thomas, toujours de sa voix sévère, qu'il s'évertuait à rendre aussi grave que possible pour se donner de l'âge.

Et, justement, Cordule lui demanda :

« Quel âge as-tu ? »

Penny, suffoquée, entendit Thomas répondre sans se laisser démonter :

« Quinze ans. »

Il en avait onze !... Bien vite, il changea de conversation.

« Raconte-nous ce qui s'est passé hier soir, Cordule. Si tu nous avoues la vérité, mon amie Pénélope Chantecœur et moi, nous témoignerons en ta faveur et tu auras droit à des circonstances atténuantes. Vas-y.

— Eh bien, murmura Cordule Roquebrune, non sans quelque réticence, mon copain Rosaire et moi, nous avons volé une voiture.

— De marque américaine et de couleur bleu nuit ? »

Le visage maigre et ingrat du triste Cordule se tourna vers Thomas.

« Comment le sais-tu ? demanda-t-il, les yeux écarquillés.

— Nous avons un ami poney qui a le don de double vue ! » dit Penny.

Elle était à genoux sur la banquette et regardait au travers de la vitre arrière du taxi. Thomas et le malheureux Cordule suivirent son regard. Tous deux, de chaque côté de l'énorme Rosaire, alias « M. Icks », chacun hissant le menton au-dessus d'une épaule du grand pantin encore avachi, virent un éclair blond dans le boulevard encombré. Poly les suivait !

« Le pauvre, murmura Penny. Il n'en peut plus.

— Il est fantastique ! s'écria Thomas. Je n'aurais jamais cru qu'il repérerait le taxi, qu'il galoperait derrière, qu'il...

— Tu le connais bien mal ! » coupa Penny.

Elle souriait, admirant le galop de Poly qui ne se laissait pas distancer. Il était magnifique à voir, le nez pointé en avant, les oreilles couchées, sa crinière balayée par le vent de la course suivant la ligne de l'encolure et la queue, à l'horizontale, terminant sa silhouette aérodynamique. On

eût dit une fusée ! Mais ce n'était qu'un petit cheval qui mettait tout son cœur à suivre ses amis pour leur venir en aide s'ils avaient besoin de lui.

Thomas sentit l'émotion lui serrer le cœur, il se pencha vers le chauffeur :

« Vous pourriez ralentir un peu, s'il vous plaît ? »

Le chauffeur hocha la tête et le taxi prit une allure de promenade. On ne s'entendait plus dans cette voiture tant la radio marchait fort.

« Vous voulez que je baisse le son ? » demanda le chauffeur.

Mais Penny et Thomas préféraient être assourdis de rock et de rythmes divers plutôt que de mêler le chauffeur du taxi à leurs problèmes. Il n'avait rien entendu de la conversation avec Cordule Roquebrune, ils en eurent la certitude.

Il devait avoir les oreilles un peu bouchées pour pouvoir supporter tant de décibels, mais il conduisait bien.

Son taxi arriva bientôt dans la rue Poutine et s'arrêta devant le 17. Penny paya la course, toujours avec l'argent trouvé dans la poche du grand Rosaire et qui devait être celui de sa victime, Mme Jeanne Lapointe.

Le géant semblait toujours hébété, les coups de sabot sur sa tête l'avaient vraiment abruti, et pour un bon bout de temps. C'était une chance car, avec sa force, il aurait impressionné Cordule qui lui aurait certainement obéi. Mais, tout seul, Cordule Roquebrune n'avait aucun pouvoir, il tremblait de peur et on en faisait ce que l'on voulait.

« Aide-nous », ordonna Thomas.

Il s'agissait de sortir le grand Rosaire de la voiture et de le diriger vers l'écurie.

« Au revoir et merci ! lança gentiment Penny au chauffeur de taxi qui agitait la main en signe d'adieu.

— Vous voulez un bon conseil ? cria-t-il avant de démarrer. Mettez-les dans un coin et laissez-les dormir. C'est le meilleur remède pour les ivrognes.

— Les mettre dans un coin et les laisser dormir ? répéta Penny. Excellente idée, nous sommes tout à fait décidés à suivre votre conseil, monsieur. »

Thomas fit à son tour un signe d'adieu et le taxi s'éloigna.

Le maigre Cordule aurait probablement

rechigné à pousser et tirer son complice si Poly ne l'avait pas menacé de sa croupe. Le poney, bien que très fatigué par la course, avait encore de belles forces et Cordule se méfiait de ses sabots. Aussi passa-t-il un bras de son gigantesque compagnon sur ses épaules et, le soutenant, il accepta de le mener où on voulait, c'est-à-dire à quelques pas du portail, dans la cabane qui servait d'écurie.

« Reconnaissez que je vous donne un bon coup de main, murmura-t-il. Après ça, j'espère que vous ne me laisserez pas tomber! Moi, je ne suis pour rien dans ce qui s'est passé cette nuit, c'est Rosaire qui est responsable de tout.

— Ah bon? fit Thomas écœuré par tant de lâcheté. Tu passais dans la rue, par hasard, avec une voiture volée, et quand ton copain Rosaire a voulu entrer dans une maison, tu ne t'es pas demandé ce qu'il allait y faire?

— Ça s'est passé presque comme ça, dit Cordule. Il m'a dit : "Attends-moi, je vais rendre visite à quelqu'un."

— A deux heures du matin? Et ça ne t'a pas étonné?

— Si. Mais quand Rosaire Beauparlant commande, moi, j'obéis.»

Thomas et Penny se réjouirent que Rosaire Beauparlant ne soit pas en état de donner des ordres à son maigre esclave! Pour le moment, il se laissait conduire vers l'écurie.

Quand il y fut, Thomas et Penny montrèrent du doigt un tas de foin sur lequel Cordule le laissa choir. Après quoi, Thomas chercha la longe dont il ne se servait jamais pour Poly, mais qui pouvait être utile pour ligoter le mastodonte. Il la trouva et la tortilla si bien autour de Rosaire Beauparlant que celui-ci se trouva transformé en saucisson, ficelé partout.

Penny découvrit une cordelette suspendue à un clou.

« Voilà qui sera parfait pour Cordule, dit-elle.

— Quoi ! s'écria celui-ci. Vous ne me laissez pas partir ? Malgré tout le mal que je me suis donné pour vous aider ? »

Etait-il inconscient ? Thomas fronça les sourcils.

« Assieds-toi à côté de ton camarade et laisse-moi t'arranger à ma façon ou bien tu n'auras aucune circonstance atténuante. »

Il fut très étonné de constater que le malheureux Cordule lui obéissait. Penny s'empressa de le transformer, lui aussi, en saucisson.

Poly assistait à l'opération. Lorsqu'il entendit la voix de l'énorme Rosaire, il commença à s'agiter. Quel toupet ! L'agresseur de Jeanne Lapointe allait-il oser se plaindre ? Lui qui avait volé une personne âgée, qui avait assommé, blessé l'innocent Jo ? Mais oui ! Il osait. Son cerveau recommençait à fonctionner et il disait :

« Maudit poney ! Et vous deux, espèces de galopins ! Ça vous coûtera cher ! Vous verrez, vous aurez de gros ennuis. Séquestration ? Coups et blessures ? Mauvais traitements ? Voilà une belle façon de se conduire vis-à-vis d'honnêtes citoyens. »

Thomas et Penny s'empressèrent de pousser Poly dehors, ils fermèrent la porte de l'écurie, donnèrent un tour de clef et s'éloignèrent avec soulagement de la grosse voix qui continuait à clamer des menaces, des revendications et, de plus, pas mal d'injures.

« On aurait dû le bâillonner, dit Penny.

— Pas pensé, avoua Thomas. Tant pis. »

Ni l'un ni l'autre n'avait envie de retourner dans l'écurie.

« Bon ! fit Penny. Alors maintenant, qu'est-ce qu'on décide ? »

Thomas ne trouva pas de réponse immédiate. Il y avait du soleil, Délima s'occupait du grand Jo, Poly semblait apaisé et trottait dans le jardin en prenant garde de ne pas écraser les fleurs. Pourquoi se tracasser ? Il fallait prendre le temps de réfléchir et surtout manger un peu. Avec l'estomac creux, on finit par ne plus être bon à rien.

Mme Chantecœur apparut à une fenêtre ; elle souriait en agitant la main. N'était-elle au courant de rien ? N'avait-elle rien vu ? Voilà qu'elle criait gaiement :

« Vous vous êtes bien amusés, les enfants ? Vous devez avoir très faim. Venez vite déjeuner, il y a des cretons des Ursulines de Québec, aujourd'hui. Et je vous ai fait la tarte des nonnettes pour le dessert. »

Des cretons ? Avec des oignons, de la cannelle, des clous de girofle ? Thomas se passa la langue sur les lèvres. Et la tarte des nonnettes !... Muscade, pommes, mélasse, lard salé... une pure merveille. Thomas prit la main de Penny, l'entraîna vers la maison.

Quant à Poly, il trouvait sans doute que tout s'organisait à peu près comme il le voulait : il paraissait ravi. Il cueillit du bout des lèvres un bouton de rose et le mâcha avec des airs gourmands.

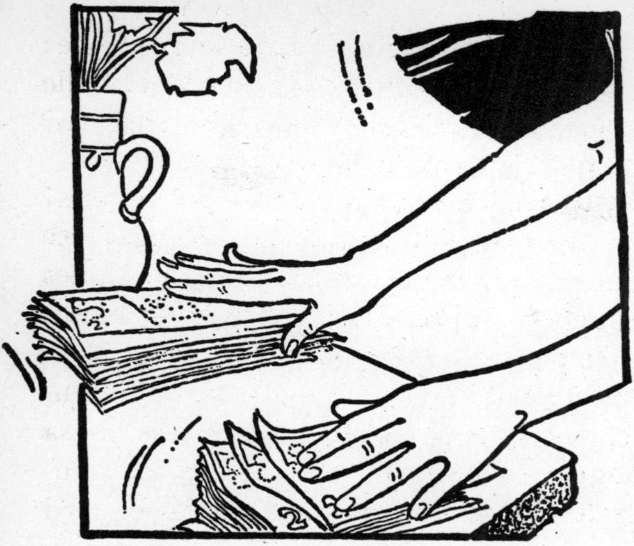

7

« Tiens, maman, dit Penny en posant sur la table de la cuisine les deux liasses de billets trouvés dans la poche de Rosaire Beauparlant. Voilà l'argent qui a été volé cette nuit chez notre voisine.

— L'argent de la pauvre Jeanne ? s'écria Mme Chantecœur. Mon Dieu ! Mais... mais enfin... »

Elle était stupéfaite.

« Il en manque, dit Thomas. Penny a payé le déjeuner, le taxi, et puis ils en avaient peut-être dépensé avant.

— *Ils ?* Qui ça *ils ?* »

Mme Chantecœur pouvait à peine parler tant elle était ahurie. Tout en dévorant les cretons et la tarte des nonnettes, Penny et Thomas lui racontèrent les détails de leur aventure. Quand ils eurent terminé, elle était encore plus effarée.

« *Chez nous !* murmura-t-elle, l'air épouvanté. Ces deux horribles bonshommes dans mon jardin !

— Mais non, maman, dans l'écurie. Et on les a bien ficelés.

— Dans l'écurie ou ailleurs, clama Mme Chantecœur brusquement furieuse, ils sont tout de même chez nous ! Est-ce que vous vous rendez compte ? Quelle jeunesse ! Mais c'est à croire que vous devenez tous fous, de nos jours ! Marie et Roméo, Délima, vous deux... tous fous !

— Au lieu de te mettre en colère, osa piteusement Penny, tu ne crois pas que tu devrais appeler la police ?

— Ah oui, la police!» s'exclama Mme Chantecœur, soudain calmée.

Elle courut vers le téléphone. Au bout d'un moment, Penny et Thomas, qui se regardaient et serraient les lèvres pour ne pas rire, l'entendirent bafouiller :

« Excusez-moi de vous déranger, messieurs. C'est... c'est au sujet de... de l'agression et du cambriolage chez Mme Jeanne Lapointe. Oui, rue Poutine. Je suis Mme Chantecœur, vous étiez chez moi ce matin. Ecoutez... le poney... enfin... c'est-à-dire les enfants... Bref! Les vrais coupables sont enfermés dans la cabane qui sert d'écurie, au bout du jardin. Ils sont là. Bien ficelés, paraît-il. Il n'empêche que je les entends d'ici, il y en a un qui hurle, il pousse de vrais rugissements. »

Rosaire, en effet, manifestait sa rage, tout à coup.

« Dépêchez-vous, continuait Mme Chantecœur. Si ça continue, ficelés ou pas, ils vont démolir la cabane. »

Ça devenait, en effet, assez inquiétant. De la porte de la cuisine, Thomas et Penny virent Poly galoper vers l'écurie-prison, ruer contre la porte pour calmer l'énergumène qui devait se démener à l'intérieur, malgré ses liens, car la cabane de bois tremblait sous des coups répétés.

« Non, non, messieurs, je ne plaisante pas, clamait Mme Chantecœur au téléphone. Je vous jure que les enfants... Oui, je reconnais que c'est difficile à croire, mais... Mais non, messieurs, je n'ai pas l'intention de vous faire perdre votre temps! Allez-vous me croire à la fin?... C'est ça, venez. Vous verrez bien si on se moque de vous. »

Elle raccrocha.

Un quart d'heure plus tard, les policiers étaient là. Il fut difficile de leur faire croire que les deux malfaiteurs avaient été repérés par Poly et ramenés par Thomas et Penny. Les enfants furent longuement interrogés.

Quant aux deux hommes, Rosaire Beauparlant et Cordule Roquebrune, ils se défendaient bien. Rosaire prétendait que la nuit dernière, à deux heures du matin, pendant qu'on molestait et volait cette Jeanne Lapointe qu'il ne connaissait pas, il était dans son lit et dormait. Cordule était au lit, lui aussi. Comment prouver le contraire ?

Le grand Jo, qui avait disparu, restait plus suspect qu'eux puisque Mme Lapointe l'avait quasiment reconnu.

L'argent que Penny avait trouvé dans la poche de Rosaire ? Curieuse histoire ! Ces dollars n'avaient jamais été dans sa poche, prétendait-il. D'ailleurs, quand bien même ils y auraient été, ils n'auraient rien prouvé.

Les policiers étaient perplexes : Mme Lapointe n'avait pas relevé les numéros des billets qu'elle possédait. Chez elle, il y avait des empreintes digitales, sans doute celles du grand Jo qui venait la voir parfois. Mais son agresseur portait des gants, elle l'avait remarqué. Si c'était Rosaire Beauparlant, on ne pourrait en avoir aucune certitude. Et l'autre, Cordule, si loquace dans le taxi, était maintenant aussi muet qu'une taupe.

Les policiers emmenèrent les deux hommes, mais c'était pour procéder aux vérifications d'usage ; on allait les garder à vue pendant que leurs domiciles seraient visités. Ils n'étaient pas inculpés.

Quant au grand Jo, on le cherchait toujours.

Devant les policiers, Thomas et Penny s'étaient bien gardés de parler de la découverte de Jo dans le chantier, de Délima et de ses intentions. Ils avaient avoué la vérité à Mme Chantecœur, mais en la suppliant de ne le dire à personne, surtout pas à la police. La mère de Penny avait promis de se taire parce qu'elle était persuadée de l'innocence de Jo. Elle le savait vulnérable. Un choc nerveux pouvait déclencher de nouvelles crises, sa maladie empirerait. Elle donnait raison à Délima, Penny et Thomas : il fallait protéger le grand Jo. Il devait tout ignorer des soupçons qui pesaient sur lui.

Marie revint à la maison très peu de temps après que les policiers furent partis avec les deux malfaiteurs qu'ils emmenaient. Voyant quels visages faisaient sa mère, sa petite sœur et Thomas, elle crut qu'ils s'inquiétaient pour Jo, et, tout de suite, elle dit :

«Jo est en sécurité. Là où il sera cette nuit, personne ne viendra le chercher. En ce moment, Roméo roule avec lui vers le lac Saint-Jean.

— Vers le lac Saint-Jean? répéta Thomas. Tu veux dire que Délima les expédie chez elle, à Pointe-Bleue?

— Exactement.

— Ce n'est pas la porte à côté», murmura Penny.

Rêveusement, elle ajouta :

«Je serais bien partie avec eux. Ce que ça doit être beau, là-bas!»

Marie savait par Délima comment Poly avait retrouvé Jo dans le chantier, mais, bien sûr, elle ne connaissait pas la suite de ses performances. Pour la cinquième fois au moins, Thomas et Penny durent raconter leur course derrière le poney, la découverte de la voiture volée, l'aventure dans le restaurant et le retour en taxi. Il fallut ajouter ce qui venait de se passer, c'est-à-dire — en conclusion — les doutes des policiers qui semblaient se demander si un vent de folie ne soufflait pas sur la famille Chantecœur.

«J'ai l'impression, dit Mme Chantecœur, qu'ils vont nous envoyer une armée de psychiatres! Cette histoire de poney-détective les prend au dépourvu. Et vraiment, j'ai moi-même du mal à réaliser que le principal témoin de cette affaire, celui qui entraîne tout le monde, qui s'efforce de faire jaillir la vérité et, en même temps, crée le plus de problèmes, c'est Poly!»

Elle était au bord des larmes.

«Un cheval! murmura-t-elle. Un tout petit cheval! C'est ridicule! Ou plutôt non, ce n'est pas ridicule, c'est effrayant, anormal, fantastique! Ce poney a l'esprit tortueux des êtres humains, il entraîne mes enfants dans d'horribles aventures. Ah! Je ne sais plus où j'en suis.»

Et Mme Chantecœur tomba assise sur une chaise en lâchant, pour la première fois de sa vie, un beau juron québécois :

« Tabarnak ! » s'écria-t-elle.

Et puisque le premier était dit, elle en ajouta toute une série :

« Kriss !... Calvaère ! Bataîme ! Maudit ! Sti ! Ah, mes enfants... tabarouette ! »

Marie, stupéfaite, se précipita vers sa mère, la prit dans ses bras tandis que Penny lui tapotait la main et que Thomas se dépêchait d'aller chercher un verre d'eau pour le lui présenter. Il pensait que, dans l'état où elle était, une gorgée d'eau lui ferait du bien. Et, en effet, après avoir avalé la moitié de ce que contenait le verre, elle se sentit mieux.

« Avisons, dit-elle. Le grand Jo n'est pas coupable, le voilà en route pour Pointe-Bleue... c'est très bien. Les deux autres, ces deux méchants phénomènes, le grand et le maigre, sont — d'après Poly, et d'après ce que le maigrelet a raconté dans le taxi, mais qu'il a refusé de répéter devant les policiers — bref, ces deux-là sont les brutes dont la malfaisance a tant secoué la pauvre Jeanne cette nuit. Voilà une affaire entendue. Maintenant, que la police fasse son travail. Quant à nous, je propose que nous pensions un peu à nous-mêmes, sinon nous ne serons plus bons à rien. Moi, je vais faire la sieste. Toi, Marie, va donc rêver à ton Roméo en regardant sa photo... je sais qu'il y en a une dans ta chambre! Vous deux, Thomas et Penny, allez piétiner mes roses dans le jardin avec votre satané Poly. D'accord? Nous verrons bien, ce soir ou demain, ce que messieurs les policiers auront décidé. Pour le moment, nous n'avons plus qu'à nous taire. J'ai l'impression que je raisonne avec bon sens, non?»

Marie éclata de rire. Thomas et Penny s'esclaffèrent. Quant à Poly, pour bien montrer qu'il n'en voulait en aucune façon à Mme Chantecœur de l'avoir traité de «satané» Poly, d'avoir dit qu'il possédait l'esprit tortueux des êtres humains, il entra dans la cuisine. Penny jeta ses bras autour de son cou, enfouit son visage dans sa crinière et murmura :

«Tu es le plus malin des poneys, mon Poly! Le plus entêté, le plus joli, le plus courageux... Tu es tout à la fois. Et puis, peu importe ce que tu es, nous t'aimons.»

Poly parut très sensible à ce déluge de déclarations. Il tendit le nez vers Mme Chantecœur, se laissa caresser les

oreilles par Thomas, embrasser par Marie, après quoi il se dirigea vers le buffet où se trouvait une assiette pleine de ces petits biscuits secs dont il raffolait.

« Attention ! s'écria Mme Chantecœur. Il va casser l'assiette ! »

En un an, il en avait cassé pas mal !... Tout redevenait ordinaire et simple ; on était bien content, chez les Chantecœur, de parvenir à oublier un peu les graves événements de la nuit et les aventures de la journée.

Quel dimanche !

Le lundi, à huit heures du matin, le téléphone sonna. Mme Chantecœur décrocha et Penny se précipita sur l'écouteur.

C'était un policier. Aimable, il s'excusa de déranger, puis il donna des nouvelles de la vieille Mme Lapointe qui se sentait beaucoup mieux, de sorte que les médecins lui avaient donné la permission de quitter l'hôpital. Elle allait bientôt rentrer chez elle.

« Youpi ! s'écria Penny. On ira la voir. »

Le policier ajouta sur un ton gentiment indifférent :

« Nous avons découvert chez le dénommé Rosaire Beauparlant une timbale en argent qui appartient à Mme Lapointe.

— Mais alors, s'écria Mme Chantecœur, Joseph Tremblay, le grand Jo, n'est plus en cause ?

— Plus du tout, madame, répondit le policier. Il est prouvé maintenant que les deux individus suspectés sont bien les coupables. »

Les deux individus suspectés ? Oubliait-il, ce policier, que le pauvre Jo avait été, lui aussi, suspecté malgré son innocence ? Mme Chantecœur était outrée.

« Merci de nous avoir prévenus, dit-elle tout de même.

— Bonne journée, madame ! » lança le policier et il raccrocha.

Bonne journée ? C'était facile à dire !

« Il faut récupérer Jo, s'écria Penny. Dans une heure il devrait être à la papeterie. Qu'est-ce que va penser son patron s'il n'y est pas ? Jo risque encore de perdre son travail. »

Mme Chantecœur hochait la tête, l'air désolé.

« Jo est un malchanceux, murmura-t-elle.

Il est la douceur même et il fait peur. Il travaille comme quatre, mais on le croit paresseux parce que, à cause de sa maladie, il a parfois des absences. On se moque de lui à cause de sa grande taille. Il n'est pas heureux dans notre société.

— Il faut pourtant aller le chercher, dit Marie. On ne va pas le laisser en quarantaine à Pointe-Bleue ! »

Elle téléphona à son amie Délima qui fut de son avis. Mais où trouver une voiture ? Celle dont disposaient les Chantecœur était à Montréal puisque le père de Penny tournait là-bas un film. Louis Chantecœur avait besoin de sa voiture pendant les tournages. Quant à Roméo, il n'était pas encore revenu.

On le vit arriver à midi, exténué. Il avait roulé presque sans arrêt depuis qu'il était parti de chez Délima, avec Jo, la veille. Il n'avait dormi que deux heures. Et pourtant, la première chose que lui dit Marie, avant même de savoir s'il avait faim ou soif, ou bien comment s'était passé le voyage, ce fut :

« Nous repartons. »

Roméo resta ahuri.

« Tu te reposeras dans la voiture, dit Marie. Moi, je conduirai. Délima aussi, nous l'emmenons.

— Hé ! s'écria Thomas. Et nous ? Penny et moi ?

— Venez si vous voulez, dit Marie, la camionnette est grande. »

Quand elle était lancée, rien ne pouvait l'arrêter, elle remplissait déjà un panier de provisions.

« Inutile de nous arrêter en route, dit-elle. Sauf pour l'essence.

— Et... où allons-nous ? demanda Roméo, toujours ahuri.

— A Pointe-Bleue, bien sûr, lança Marie. Nous allons chercher Jo. Ne discute pas, je t'expliquerai en route.

— Mais... mon travail ? osa timidement Roméo. Mon patron ne plaisante pas avec les horaires ! Je devais être à...

— Oh ! ne m'agace pas, coupa Marie. Moi aussi je devais travailler aujourd'hui mais je t'ai attendu. Quant à Délima, elle devait garder des enfants. Elle est obligée de se faire remplacer, ce n'est pas facile de trouver quelqu'un à la dernière minute. Pourtant, elle s'est débrouillée. »

En été, Délima n'allait pas en faculté, bien sûr. Mais, pour gagner sa vie, elle donnait des leçons de français ou de mathématiques et se proposait comme baby-sitter. Même en hiver, d'ailleurs, et durant toute l'année, elle devait travailler en même temps qu'elle poursuivait ses études de médecine.

De même, Marie qui voulait être avocate et en était à sa première année de droit, ne se reposait pas en été. Elle remplaçait des amies qui prenaient leurs vacances et, pour le moment, elle était vendeuse dans une librairie. Elle avait téléphoné au libraire, s'était excusée...

« Jo sera content de nous voir tous, dit-elle.

— Si c'est pour lui faire plaisir, fit remarquer Penny, il faudrait emmener Poly. Il adore Poly.

— Tu as raison, dit Marie. Emmenons Poly.

— Elle est folle ! » soupira Roméo.

Mais ce petit grain de fantaisie, chez Marie, ne lui déplaisait pas. Au contraire. Il finit par éclater de rire.

« Allons-y, dit-il. Quelle équipée ! »

Il téléphona à un camarade, routier comme lui, et qui travaillait dans la même entreprise, mais se trouvait pour le moment en congé. Il fut assez mal reçu.

« Te remplacer ? s'écria son ami Gilles.

Impossible, mon vieux. Aujourd'hui, c'est la fête chez nous, ma sœur vient de mettre au monde une petite fille. »

Roméo insista. Gilles finit par céder, en rechignant, ce qui n'excluait pas la bonne humeur :

« Ce qu'il ne faut pas faire pour un copain ! » lança-t-il.

Tout était prêt pour l'expédition. Poly ne se fit pas prier pour sauter à l'arrière de la camionnette. Penny et Thomas restèrent près de lui. Marie prit le volant, Roméo s'assit à côté d'elle en se réjouissant de la perspective d'une longue course en sa compagnie, et ils allèrent chercher Délima qui les attendait.

Où mettrait-on Jo ? C'était un problème. Il n'y avait plus de place dans la voiture.

Tant pis ! On se serrerait un peu.

En route pour Pointe-Bleue !

8

Lorsque Thomas découvrit le lac Saint-Jean, il écarquilla les yeux. Jamais il n'avait vu un spectacle aussi magnifique. Le soleil se couchait. Le grand lac prenait des reflets d'or rouge.

C'était Délima qui conduisait. Roméo dormait, la tête contre l'épaule de Marie.

«Ce qu'il est beau, ton lac!» murmura Penny.

La jeune Indienne eut un sourire. Sans doute était-elle émue de retrouver bientôt son village, sa famille. Elle voyait si rarement ses parents. Ils ne quittaient jamais la réserve de Pointe-Bleue et elle, qui devait à la fois terminer ses études et gagner sa vie, ne pouvait pas souvent passer des vacances auprès d'eux.

Quand la camionnette approcha de Pointe-Bleue, Délima ébaucha encore ce sourire délicat, un peu énigmatique, qui lui allait si bien.

«Ne vous attendez pas, dit-elle, à rencontrer des Indiens emplumés. Même dans les territoires qui nous sont réservés, nous nous habillons comme tout le monde. Sauf les jours de fêtes ancestrales. Ces jours-là, nous revêtons nos costumes de peaux, à bords frangés, brodés de perles; nous portons le bandeau qui enserre notre front et nos cheveux. Mais vous verrez, rien ne distingue nos villages des autres villages du Québec.»

La voiture traversa plusieurs de ces villages. Puis Délima l'engagea sur une route étroite, sinueuse, qui fit découvrir à ses amis un paysage fabuleux. Roméo dormait toujours, mais Penny, Thomas et Marie s'émerveillaient. Quant à Poly, il s'énervait ; il aurait voulu galoper librement parmi les grands arbres, écouter les ruissellements d'eau vive, découvrir le goût du vent dans ce pays où toutes les beautés d'une nature sauvage se trouvaient réunies.

« Le village où je suis née est en pleine forêt, dit Délima. Ma famille mène une vie qui ressemble à celle de nos ancêtres, elle est parmi les dernières qui vivent principalement de chasse et de pêche. Il arrive que mon père et mes frères accompagnent des touristes, ils sont d'excellents guides pour les chasseurs blancs. Mon grand-père accepte parfois d'initier les visiteurs à nos coutumes, il leur apprend « notre » chasse.

— Ton grand-père m'a impressionné, dit Roméo qui venait de se réveiller. D'après la description que tu m'avais faite, je l'ai reconnu tout de suite et, comme tu me l'avais demandé, c'est à lui que j'ai confié le grand Jo. Quel regard étonnant !... C'est vrai, Délima, ton grand-père m'a impressionné.

— C'est un sage », murmura la jeune fille.

Elle ajouta :

« Il est notre chef à tous. Et nous éprouvons tous pour lui un grand respect. »

Délima arrêta la voiture à l'entrée du village. De jeunes enfants jouaient et couraient. Dès qu'ils virent Poly sauter hors de la camionnette, ils poussèrent des cris de joie et entourèrent le poney, essayant de le caresser. Mais Poly avait trop envie de se dégourdir les jambes ! Il fila au galop. Il ne fut bientôt plus qu'un éclair blond parmi les arbres que le soleil couchant frôlait de sa lumière. Mêlés aux rires des enfants, on entendait le bruit léger que faisait l'eau, la course invisible et toute proche d'un ruisseau et les pépiements des oiseaux. Un appel vint de la forêt. Etait-ce le cri d'un homme, celui d'un animal ? On imaginait des présences sous les feuillages dans la nature calme qui allait bientôt s'endormir : caribou, renard ou perdrix blanche ? Un orignal peut-être, ce grand cervidé aux bois immenses, son « panache » à forte palmure. Les mâles peuvent atteindre plus de deux mètres au garrot.

Tout cela, ce que l'on voyait et ce que l'on imaginait était si beau que Roméo ne put s'empêcher de prendre Marie dans ses bras et de l'embrasser.

Délima appela l'un des enfants.

« Me reconnais-tu ? » demanda-t-elle.

L'enfant riait :

« Tu es Délima », dit-il.

Montrant Roméo, il ajouta :

« Et celui-là est venu hier avec un homme blond qui est notre ami. »

Cela faisait plaisir à entendre, mais n'étonnait ni Penny ni Thomas, ni Roméo, Marie et Délima : Jo avait toujours été l'ami des enfants.

« Où est mon grand-père ? » demanda Délima.

L'enfant pointa le bras vers la forêt.

« Il est allé du côté des cabanes avec le grand homme blond.

— Allons au-devant d'eux, murmura Delima. J'ai l'impression que nous n'avons qu'à suivre les traces de Poly. Il a dû sentir

Jo, il est parti comme une flèche de ce côté-là. »

Roméo prit la main de Marie. Thomas courait en avant avec Penny, et toute la troupe des enfants entourait Délima.

« Les "cabanes", expliqua-t-elle à Roméo et à Marie, sont des maisons abandonnées, comme un village fantôme. Elles sont en bois. Elles ont été construites en pleine nature, en 1901. Elles servaient d'habitations aux ouvriers d'une usine de pulpe à papier.

L'usine a fait faillite et personne n'habite plus là, depuis très longtemps. »

Elle se tourna vers les enfants :

« Au lieu de nous suivre, courez dire à mes parents, mes frères et mes sœurs que j'arrive avec des amis. Nous allons d'abord saluer grand-père et nous revenons tout de suite. »

Les enfants s'envolèrent comme des moineaux tapageurs, en riant et en criant.

Délima et ses amis étaient fatigués par le voyage, Roméo n'en pouvait plus malgré le petit somme qu'il avait fait dans la voiture pendant que les filles conduisaient. Pourtant, en s'enfonçant dans la forêt. ils avaient l'impression qu'ils pourraient aller très loin. La fatigue s'effaçait.

Ils marchèrent longtemps. Le soleil était couché, mais la lune se levait quand ils aperçurent les cabanes.

Elles se trouvaient dans une clairière inondée de clair de lune.

D'abord, ils virent Poly. On le reconnaissait de loin à cause de sa crinière blonde. Et puis, en approchant, ils s'aperçurent qu'il n'était pas seul.

A demi cachés dans les arbres, ils s'arrêtèrent, muets, stupéfaits par le spectacle qu'ils découvraient : un vieillard, très sec, très droit, s'appuyait d'une épaule contre le tronc d'un érable. Il tenait entre ses mains une sorte de porte-voix rustique, fait d'un morceau d'écorce de bouleau. De temps à autre, il le portait à sa bouche et modulait un cri étrange, un appel.

Lentement, avec prudence, un immense orignal approchait. Il venait de la forêt

et allait entrer dans la clairière. Sa masse sombre se dessinait sur les fonds brumeux et blanchis de lune.

Le grand Jo, debout, immobile, attendait la bête. Très doucement, il allongea ses deux bras, tendit les mains. Penny le vit sourire. Il parlait. Il murmurait des mots et c'était bien à la bête qu'il s'adressait ! Le grand cervidé approchait toujours.

Lorsque l'homme et l'animal furent tout proches l'un de l'autre, l'appel modulé du vieillard devint comme un chuchotement. Puis il se tut et le silence de la nuit parut plus profond.

Jo fit un pas vers l'animal.

Ceux qui les regardaient retinrent leur souffle. Poly était aussi immobile qu'une statue. Le profil du vieillard s'était figé, mais Thomas vit que le vieil homme souriait, comme Jo.

C'était un instant de mystère et de rêve, un moment magique, l'un de ceux que l'on ne rencontre que dans les contes. Et pourtant, c'était vrai, une réalité : Jo posa la main sur la tête de l'animal qui ne bougea pas, qui ne s'enfuit pas. Jo s'enhardit et prit la tête énorme entre ses deux mains. Puis il la caressa.

« Il ne faut pas les déranger, murmura Marie, il ne faut pas. »

Roméo vit que des larmes brillaient dans ses yeux. Des larmes de bonheur, d'émotion devant tant de beauté.

« Il est heureux, ici, dit encore Marie. Tellement heureux ! Il ne faut pas le ramener dans notre monde. Ce n'est pas le sien, la ville n'est pas pour lui. »

Elle tournait vers Délima un regard que le clair de lune approfondissait et, de nouveau, elle murmura :

« Il ne faut pas les déranger. Jo est fait pour vivre ici, Délima, dans le pays de tes ancêtres. Il est leur frère et aussi celui des arbres, des bêtes, de toute la nature. »

Délima hocha la tête. Puis, doucement, elle dit :

« C'est ce que pense mon grand-père, sans doute, sinon il n'aurait pas révélé à Jo les secrets de la nuit. C'est le plus grand honneur qu'il pouvait lui faire. »

Elle regardait le vieillard immobile qui souriait...

Ils furent quatre au retour avec Poly. Comme à l'aller.

Jo resta dans ce village indien qui semblait au bout du monde. Il avait choisi.

Lorsque, au moment de partir, Délima avait embrassé ses parents, ses frères, ses sœurs, et enfin son grand-père, le vieillard, posant dans la main de sa petite-fille le cornet d'écorce de bouleau, avait dit :

« Souviens-toi. Le vent emporte les cris des hommes. Mais celui d'entre eux qui appelle dans la solitude de la nuit trouve une réponse. »

Une main sur l'épaule de Jo, il avait ajouté :

« Cet homme a trouvé la réponse, ici. »

Le regard de Jo avait la couleur et la clarté du ciel. Des enfants l'entouraient et il riait.

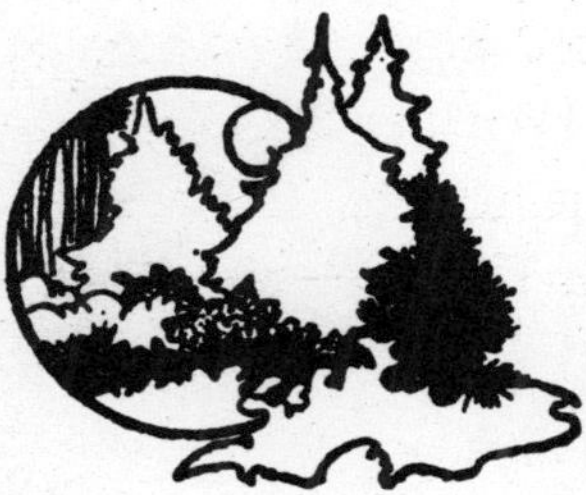

IMPRIMÉ EN FRANCE PAR BRODARD ET TAUPIN
Usine de La Flèche, 72200.
Loi n° 49-956 du 16 juillet 1949 sur les publications destinées à la jeunesse.
Dépôt : mars 1988.

Série POLY

dans la Bibliothèque Rose

Poly

Poly est maltraité par son maître.
Pascal fera tout son possible pour le sauver.

Au secours, Poly !

Pour protéger Filipe, Poly a besoin de l'aide
de tous les enfants d'un village portugais.

Poly à Paris

A travers la grande ville, Poly poursuit le voyou
qui a volé le sac blanc d'Ornella.

Poly au festival pop

Thomas recherche sa maman.
Il la retrouve grâce à Poly.

Poly au Portugal

Grâce à Poly, le petit Yvon n'ira pas à
l'orphelinat de Lisbonne.

Poly au Québec

Poly a vu attaquer la vieille dame.
Il fera tout pour désigner les coupables.

Poly à Venise

Poly dresse l'oreille… La musique d'un violon l'attire.
C'est ainsi qu'il fait la connaissance de Pippo.

Poly en Espagne

David a disparu du petit cirque espagnol.
Poly participe aux recherches.

Poly en Irlande

Dans les ruines d'un mystérieux château
dans les collines irlandaises, toute une aventure !

Poly en Tunisie

Le père du petit Mustapha est accusé injustement.
Poly affronte le désert pour courir à son secours.

Poly et le diamant noir

Au cours d'une séance de prestidigitation
disparaît un fameux diamant noir.
Pascal et Poly veulent le retrouver.

Poly et le mystère de l'oasis

Deux petites filles qui se ressemblent trait pour trait,
un enlèvement… Au secours, Poly !

Poly et le secret des sept étoiles

Poly, sur la lande bretonne, met son flair
au service d'une pauvre femme, victime de l'injustice.

Poly et son ami Pippo

Poly et le jeune Vénitien Pippo sauvent
un petit garçon et sont bien décidés à faire
son bonheur.

Poly, la rose et le mendiant

Où Poly facilite le mariage de la jolie Marielle…

Poly s'amuse

Avec le chien Pacha, Poly vole au secours
d'un vieil homme.

Poly superstar

La vedette Carla Montana a adopté Poly comme
animal fétiche pour son film, mais elle disparaît.

Les vacances de Poly

Séparé de son jeune maître,
Poly s'échappe pour le rejoindre en Bretagne.

Poly champion des motards

Un jeune motard est accusé d'un cambriolage. Avec Sabine et Thomas, Poly démasque le vrai coupable.

Poly amoureux

Un autre hennissement monte de la vallée. Poly détale. Il a trouvé une compagne.

Poly se fâche

Poly est enlevé. Poursuite effrénée des ravisseurs. Pourra-t-on libérer le poney ?

Poly fait scandale

Poly se fait photographier. Un jeune barbu saisi par l'objectif arrache l'appareil et s'enfuit. Début d'une aventure...